U0025813

「呃……欸……妳剛剛說什麼？」
高中生——五河士道

「你都沒在聽人說話嗎？
能不能請你儘早消失不見呢？你的存在讓我感到不悅。
你知道為什麼我不去踩你的手，
讓你從舞台上掉下去嗎？
那是因為就算是用鞋底，我也不想碰觸到你～」
第六精靈——美九

「我的名字是那個……五河……士美……
不對，是……士織。」
士道的堂妹？——五河士織
「很好，非常好。」
士道的同班同學——鳶一折紙

「難道妳是——精靈嗎？」
天央祭執行委員長——誘宵美九
「……！」

「呵呵……很好，那麼開始演奏
通往冥府的死亡旋律吧！」
精靈——八舞耶俱矢
「你怎麼了，士道？
如果一直垂頭喪氣，原本能贏得勝利的比賽
也會變成無法獲勝喲！」
精靈——十香

「發誓。這一次，
請務必讓我們幫助你。」
精靈──八舞夕弦
「……好的……！」

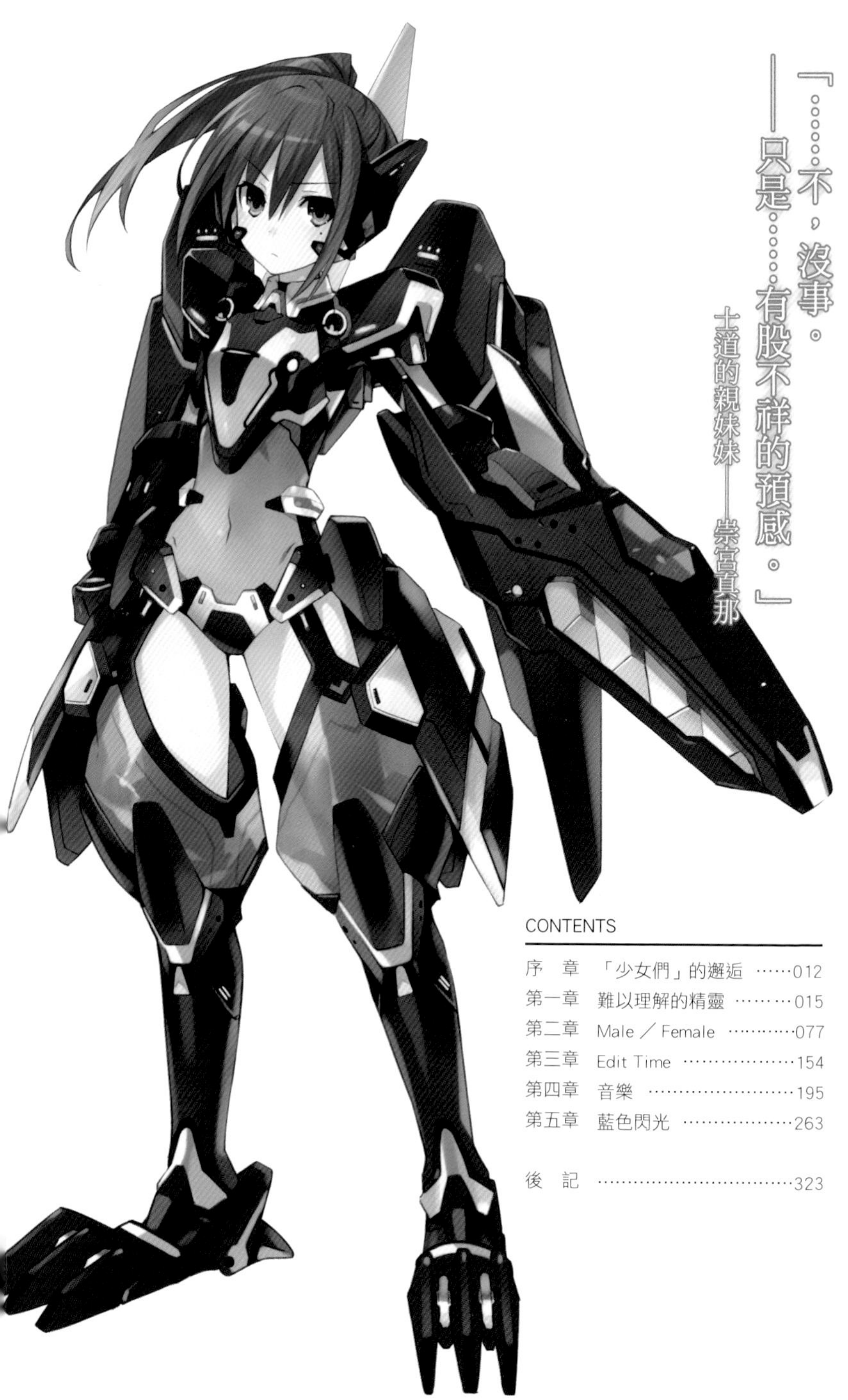

CONTENTS

約會大作戰

百合美九

橘 公司
Koushi Tachibana

Kadokawa Fantastic Novels

封面／內文插畫　つなこ

精靈
THE SPIRIT
存在於鄰界，被指定為特殊災害的生命體。發生原因、存在理由皆為不明。
現身在這個世界時，會引發空間震，給周圍帶來莫大的災害。
再者，其戰鬥能力相當強大。
處置方法1
WAYS OF COPING 1
以武力殲滅精靈。
但是如同上文所述，精靈擁有極高的戰鬥能力，所以這個方法相當難以實現。
處置方法2
WAYS OF COPING 2
——與精靈約會，使她迷戀上自己。
百合美九
Lily MIKU
SpiritNo.9
AstralDress-DivaType Weapon-OrganType[Gabriel]

序章 「少女們」的邂逅

天宮廣場大展示場之中，洋溢著青春活力。

這裡是一年舉行一次，由天宮市高中聯合舉辦的文化祭——天央祭的會場。周圍擺滿臨時攤位與展示品，身穿各式各樣制服的學生們正大聲攬客。

「呵呵呵，吶～接下來要去哪裡呢？」

就在這凝聚青春汗水與熱淚的空間裡，五河士道與一名可愛少女並肩行走於其中。

那是一名身穿藏青色水手服，舉止端莊優雅的少女。長長的頭髮用大腸圈髮飾綁成一束，美麗的容貌浮現開朗的神情。身材比例優異過人卻毫不炫耀，規規矩矩地穿著過膝裙制服。

不過，若要從她身上選出一個最令人印象深刻的特質……前文所敘述的所有特質，恐怕都不在士道的考慮範圍內。

原因出在她的「聲音」。就算只是普通的交談，只要稍不留神就會不小心讓人聽得入迷的悅耳聲音，斷斷續續地敲擊著士道的鼓膜。就像是「聲音麻藥」似的，給予聽者陶醉感。她——誘宵美九，要是生在古代，一定會以聲樂家或是說書人的身分被召進宮廷吧。她就是這樣一位擁有如此美妙聲音的人。

「肚子有點餓了~要不要去吃點東西呢?」

不過,擁有傾國傾城美聲的她卻毫不在乎這一點,臉上浮現悠閒笑容側著頭詢問道。士道不自覺地露出一抹苦笑。

這是九成以上的男高中生們都曾經妄想過,幸福純度高達百分之一百二十的文化祭約會情景。事實上,從剛剛開始,就有好幾名學生與遊客不斷地偷瞄士道與美九。更嚴重的甚至還有人未經許可就擅自拍照。

但是……士道大致能夠明白那並不是在嫉妒或羨慕等感情的驅使下所做出的舉動。

理由非常簡單。

「……唉。」

士道深深嘆了一口氣——在聽見從自己喉嚨洩漏出來的「高音」之後,忍不住再次嘆息。

「我到底在幹什麼呀……」

用怎麼聽都像是女生的聲音,如此說道。

士道現在的打扮,與平常完全不同。

頭髮長及後背,臉上被人用粉底、腮紅、睫毛膏、唇蜜等化妝品畫上自然淡妝。然後,穿在身上的衣服是深藏青色洋裝以及裝飾有許多荷葉邊的圍裙,也就是所謂的「女僕裝」。

更簡單來說，士道現在的模樣，不管怎麼看都像是一名女孩子。

「吶吶，『士織』。妳喜不喜歡吃可麗餅呀？」

完全沒有察覺士道內心的想法，美九以爽朗的聲音如此說道。

士道再次深深嘆了一口氣，回應發出的依舊是女孩子的聲音。

第一章　難以理解的精靈

暑假結束之後的九月八日。這是在夏季酷熱尚未消散的某個下午所發生的事。

來禪高中體育館，正籠罩在一股不尋常的氣氛之中。

「距離現在剛好一年前……我們獲得了許多教訓。」

站在台上的同學——山吹亞衣一邊握緊拳頭，一邊透過麥克風努力擠出聲音。

順帶一提，亞衣的好朋友——葉櫻麻衣與藤袴美衣就像是親衛隊或保鑣一般，分別以「稍息」的姿勢站在她的兩側，甚至還在左右兩邊豎立起來禪高中的校旗。加上亞衣那異常激動的模樣，看起來就像是待會兒就要宣布開戰的一國元首。

「痛苦的回憶、失敗的屈辱……以及被打倒在地時所感受到的寒冷！」

緊握的拳頭不斷顫抖，憤憤不平說出這段話的亞衣，突然抬起頭來：

「來吧，諸君。可悲的殘兵敗將們。我想問你們。我們要一直沉浸在痛苦的回憶之中嗎？我們要一直匍匐在地嗎？我們要一直處於失敗之中嗎……！」

「砰！」亞衣的拳頭用力捶向講台。麥克風的回授哮嗚聲響遍四周。

「不！絕不！那些傢伙犯了一個重大的錯誤！那就是給予我們磨礪復仇尖牙的時間！實現的悲願的時刻來臨了！振興來禪吧！榮耀來禪吧！我們將會使出全力的一擊，將那些傢伙的喉嚨咬碎！」

「哦哦哦哦哦哦哦哦哦哦哦哦哦哦哦哦哦哦哦哦！」

就在亞衣高高舉起拳頭的同時，像是在呼應亞衣的舉動一般，原本聚集在體育館中的學生們，突然不約而同地大叫出聲。體育館的玻璃窗微微搖晃，經過幾重迴響的驚人音量震耳欲聾。

「哈哈……大家真有幹勁啊。」

五河士道一邊苦笑，一邊眺望正在台上進行演講的同班同學。

話雖如此，士道倒也不是不明白她們變得如此狂熱的理由。畢竟——

「士道，亞衣到底在說什麼？我們打算要跟誰打仗了嗎……？」

此時，從右方傳來疑惑的聲音。

定眼一看，原來是站在身邊的夜刀神十香正注視著自己。

夜色般的漆黑長髮覆蓋腰際。凝視著士道的雙眸如同水晶一般。眼前的少女美得讓人難以相信她是真實存在於這個世界的人。

不過，她臉上的表情，如今卻染上了百思不解的困惑之色。

哎，這也難怪。如果是不了解詳情的人看到這場演說，頭腦必定會感到一片混亂吧？因為現在的亞衣不管怎麼看，都像是發動獨立戰爭的英雄，或是啟發自我研討會的講師。

「因為這個月有那個活動啊，就是天央祭。」

「天央祭？那是什麼？」

「嗯……簡單來說，就是一場超大型的文化祭。」

聽見士道的話，十香的眼睛立刻變得閃閃發光。

「文化祭……哦哦，我曾經在電視上看過。那是在學校開設許多食物攤位的夢幻祭典呀！」

「嗯，妳這麼說是沒錯啦。不過……」

「哦哦……是嗎？要舉行文化祭嗎！該怎麼說呢？嗯，我覺得很棒喲！」

說完後，十香臉上浮現恍惚神情。過了一會兒，再次疑惑地說道：

「姆……所以呢？舉辦文化祭，為什麼要像這樣進行一場誓師大會？」

「這是因為這場『天央祭』與其他文化祭有點不同。那是由位於天宮市境內的十所高中所聯合舉辦的文化祭喔。」

「十所高中……聯合舉辦？」

十香把眼睛睜得圓滾滾的。「沒錯。」士道點了點頭。

士道他們所居住的天宮市，是將三十年前南關東大空災發生時，受到嚴重破壞的東京都南部到神奈川縣北部一帶，進行重新開發後所形成的區域。

現在的天宮市身為擁有最新技術的實驗都市，因此有一定的人口生活在此。但是在重新開發階段的初期，由於空間震的威脅尚未完全解除，天宮市也曾有過人口稀少到與地區面積、設施完善度不成比例的不平衡時期。

於是，在那個時期開始創辦的活動，便是被稱為「天央祭」的聯合文化祭。

「簡單來說，當時學校數量與學生人數都很少，所以才會策劃出這個由各校聯合舉辦，一起熱鬧慶祝的活動。而這項活動就一直延續到居民數大幅增加的現在。」

士道一邊露出苦笑一邊聳肩。

當初那個由人口過少地區的高中並肩合辦的小小祭典，如今卻變成租下整個天宮廣場的大展示場並且連續舉行三天的大型活動。

即使是天宮市官方，也因為無法取消如今已經成長為大型活動的天央祭，默許了現狀。

畢竟每年電視台都會來此採訪，這項活動也吸引了許多市外遊客前來觀光。此外，也有不少國中生會依據天央祭來決定自己的志願學校。天央祭所產生的經濟效益遠超過高中的文化祭這一點，也是不爭的事實。

只是，「各校攜手合作讓文化祭變得更加熱鬧」的這個活動初衷，也隨著參加學校的增加，開始具備其他意義。

也就是──

「就是今年！今年我們來禪一定要奪得王者的榮耀！」

站在台上的亞衣高聲喊叫；學生們也在台下呼應著。

沒錯。在天央祭中，將會依據投票結果選出販賣部門、展示部門、舞台部門等各類別的優秀學校。獲得第一名的學校，在往後的一年就能以王者之姿稱霸整個天宮市。

無論對外宣稱的理念有多麼美好，只要有校際比賽制度的存在，平時沉眠於心中的鬥志與愛校心會被激發起來也是理所當然。這種情況就和平時對足球絲毫不感興趣的人，一旦到了世界盃開打期間，就會熱衷地搖國旗吶喊是一樣的道理。

就在士道對十香做出說明的這個時候，背後突然傳來說話聲。

「呵呵……原來如此。終於明白亞衣她們如此激動的理由了。」

「同意。既然如此，那就一定要獲得勝利。」

定眼一看，眼前出現不知從何時開始站在那裡、容貌長得一模一樣的兩名少女。

其中一人是將長髮整頭編起，看起來個性剛強的少女。緊緊擁抱似乎就會被折斷的纖細身軀，還有與纖細身材不相符合的高傲表情為其特徵。

另外一人則是把頭髮編成三股辮的少女。無精打采地只睜開一半的眼睛點綴在美麗臉龐上，如同模特兒般的勻稱身材不斷勾引著士道的視線。

「耶俱矢、夕弦……妳們怎麼會在這裡？」

沒錯。出現在眼前的人，正是在兩個月前被士道封印靈力的精靈——從新學期開始轉入隔壁二年「三班」的八舞耶俱矢、八舞夕弦姊妹。

聽說原本是打算讓她們兩人也轉到與士道同班的四班，但是與只要離開士道就會變得不安的十香不同，她們兩個人只要待在一起，精神狀態就會變得十分安定，所以最後決定將她們編進隔壁班。

現在當然正在集會中。照理來說，每個班級會分開來各自排成隊伍。所以八舞姊妹理應站在三班的隊伍裡面才對。

不過，士道馬上就發現了原因。原來是處於興奮狀態的學生們不斷呼喊著來禪的口號，各班隊伍早就已經亂成一團。

「哼，話說回來，只要有吾等八舞姊妹在，來禪鐵定能獲勝。」

「同意。夕弦與耶俱矢的組合是最強的。無論面臨什麼敵人都是無敵的。」

「呵呵，正是如此。因為夕弦能把所有事情都處理得完美無缺呢。」

「肯定。而且我們這裡還有比夕弦更厲害的耶俱矢在呀。所以不可能會輸。」

「呀哈哈……妳這傢伙～什麼嘛～說得人家心裡癢癢的呢，夕弦～戳戳。」

「微笑。耶俱矢才是呢。戳戳。」

就這樣，兩人在愉悅微笑的同時，互相輕戳對方的上臂。

「……哈哈。」

看見兩人的模樣，士道臉上浮現一個無力的笑容。兩人表現出來的好感情，完全不輸給剛交往一個禮拜的甜蜜情侶。但是有誰會相信這對姊妹在兩個月前才歷經一場危及周圍的大吵架呢？

士道將目光從出現之後便立刻陷入兩人世界的八舞姊妹移回到十香身上。

只見十香一臉想不通地低聲嘟囔，然後點了點頭。

「原來如此……也就是說，到時候也會有很多賣食物的攤位吧？」

「……啊啊，嗯，對呀，沒錯。」

士道露出無力的笑容如此說道。然後，十香的呼吸變得急促，同時用手撫摸下巴。

「是嗎，嗯嗯，是這樣子嗎……呵呵，真是令人期待呀，士道。到底會有什麼攤位呢？」

「嗯～這個嘛……」

「讓我來說明吧！」

在士道回答之前，這一次從前方傳來說話聲。定眼一看，同班同學殿町宏人正擺出看似特攝片主角的變身姿勢站立在眼前。

「殿町，你怎麼突然出現了？」

「我聽見了小姐的求助聲所以連忙趕來這裡！妳想知道天央祭會有什麼攤位吧？」

聽見殿町的話，十香將眼睛瞪得大大的。

「哦哦，你知道呀？」

「那當然！為了十香，我已經全部調查清楚了！」

說完後，殿町從懷中取出筆記本開始翻頁。

「這本筆記本記載了參加天央祭的全十所學校的販賣攤，總共高達約九十家店的情報喲！」

「哦哦！」

「妳想知道嗎，十香？」

「嗯，想知道！」

「求我呀！」

「拜託你，士道的友人啊！」

十香以天真無邪的表情如此說道。從她的表情完全感受不到一絲惡意。

殿町似乎也察覺到這一點。露出一個複雜的表情之後，往士道的方向瞪了一眼。

「唉……」士道嘆了一口氣之後，在十香耳邊低聲說了「殿町宏人」四個字。

「哦哦……原來如此。拜託你，殿町！」

「再……再一次！」

「拜託你，殿町！」

十香精神奕奕地說完這句話之後，殿町的臉上瞬間浮現開朗神情。

「用後面兩個字叫我！」

「拜託你，宏人！」

「用滿懷愛意的暱稱叫我！」

「拜託你，小宏人！」

雖然最後變成像是一種危險藥品的名字（註：「小宏人」的日文原文為「ヒロポン」，與大日本住友製藥所生產的興奮劑（甲基苯丙胺）同名，現在已經成為禁藥），但是殿町似乎感到非常滿意，相當感動地扭過身體之後，將視線落在筆記本上。

「既然妳都這麼說了，我當然不能拒絕了！我看看……提到販賣部門，榮部西高中每年都獲得相當優秀的成績吶。畢竟他們學校有家政科嘛。烹飪社的技術是其他學校所望塵莫及的。去年的土耳其旋轉烤肉店已經遠遠超越文化祭的水準了……」

「哦……聽你這麼說，確實是有這麼一回事吶。」

「聽說他們今年主打『肉的南北戰爭！特製黑色炸肉餅』。是一道奢侈地使用北海道黑毛和牛與鹿兒島黑豬肉所做成，無須沾料佐味的夢幻逸品！」

「你……你說什麼……」

十香顫抖著雙手如此說道。眼睛閃閃發光，口水從嘴邊流了下來。

「接下來還有……仙城大附中吧。因為他們是附屬學校，未來可以直升大學，所以連三年級都會參與活動。」

「哦……那麼冠軍種子隊就是這兩所學校吧？」

士道說完後，殿町嘴裡發出「嘖嘖」聲響，然後搖了搖手指。

「你在說什麼啊。難道你忘了嗎？還有王者——龍膽寺女子學院喔！」

「啊……」

士道搔了搔臉頰，自己確實是忘記了——那可是去年奪下冠軍的學校。

「今年她們也會使出全力來參賽……最可恨的是她們很清楚自己學校擁有被譽為全市最高美少女偏差值的優勢。味道與菜色是擁有一流水準了，但除此之外，她們更憑藉恭敬的接待方式獲得許多來客數與得票數。像是去年的攤位，她們就以握手會等級的親密度，親手將零錢交到我手上喲。我都不記得後來到底又排了幾次隊呢。」

「你這傢伙去排什麼隊啊！」

士道直直瞪向殿町。「咳！」殿町乾咳了一聲。

「總…總之，那些大小姐們可是很恐怖的。而且——今年龍膽寺還多了一個可疑的傳聞。」

「傳聞？」

士道疑惑地歪著頭。然後殿町說了一句「沒錯」。

「你仔細回想，四月初時不是有成為話題嗎？說龍膽寺有個轉校生入學就讀。」

「四月……嗎？」

士道皺起眉頭努力回想……但是什麼都沒想起來。話說回來，四月那時滿腦子都是十香的事情，根本沒有多餘的心思去注意其他事情。

「真的假的？你不記得啦？就是美九九呀！美九九！」

「……那是誰啊？」

毫無印象。士道老實回答道。

但是那對於殿町而言，似乎是個令人難以置信的答案。他臉上露出一個驚訝的表情之後，「啪！」地突然揮手賞了士道一個巴掌。

「哇啊，你突然幹麼啦！」

「那是我要說的吧！你這傢伙該不會連神祕派偶像誘宵美九都不知道吧？啊啊？我明白了！你的意思是『我對讓大家都為之瘋狂的偶像明星沒興趣』吧？你其實是想裝酷吧？」

「就算你這麼說，我也沒辦法啊！不認識她的人也大有人在——」

「才沒有！沒～這～種～人！至少在我們同年齡的人之中，不認識超國民級偶像美九九的人只有五河士道這～個～笨～蛋～而已！」

「這是你說的喔！若真有跟我們年齡相仿，卻不知道那位美九九的人存在，你要怎麼辦？」

「哈！到時候我就跪在地上用屁股吃義大利麵！」

「真的嗎！」

「當然！」

「吶，十香，妳聽過誘宵美九嗎？」

「五河你這傢伙太卑鄙了！」

就在士道出聲詢問十香的瞬間，殿町用手緊緊抓住士道的肩膀。

但是他們其實不用這麼做。因為十香根本沒有聽見他們之間的爭論——

「唔姆……」

只見十香一臉呆滯，舉起的雙手像是抓著什麼物品似的。接著把嘴大大張開咬了一口空氣，

「嗯咕嗯咕……」地咀嚼的同時，臉上也浮現恍惚陶醉的神情。

想不到她正幻想吃著炸肉餅。由於十香的舉動過於逼真，就連士道他們也都看見了美味的炸肉餅幻影。

「……喂，十香？」

士道一邊說話一邊戳戳她的肩膀，十香才突然回過神，全身顫抖了一下，擦去口水。

「唔，什麼事，士道？」

「嗯，沒事……」

在那雙天真無邪的雙眼注視下，士道似乎也不好說下去。視線的角落，可以看見殿町鬆了一

口氣撫摸胸脯的樣子。

「不過……是嗎，聽起來真不錯呢。吶，士道，當天我們一起去吃吧！」

笑容滿面的十香，伸出右手的小指。

「嗯？」

「這是令音教我的！好像叫作『打勾勾』吧。」

「啊啊……原來如此。」

士道輕輕搔頭，然後同樣伸出小指。殿町以及周圍幾名男生們的視線，不斷刺向全身。

「好，那麼——」

就在十香將右手往士道的方向靠過去的瞬間……

有個人影快速從人群中衝出來，溫柔地將自己的小指纏繞上士道的小指，同時一把抓住十香的小指並且使出關節技手法用力彎曲她的手指。

「呀啊！」

十香跳了起來，慌慌張張地抽回右手。

「折……折紙！」

士道瞪大眼睛，說出現身在兩人之間闖入者的名字。

觸及肩膀的如絹秀髮，猶如人偶般端正——而且猶如人偶般面無表情的容貌。毫無疑問的，她就是士道的同班同學，也是十香的死對頭——鳶一折紙。

「打勾勾，說謊的人要在我的房間吞下安眠藥。」

以毫無抑揚頓挫且缺乏節奏感的聲音說完後，折紙輕輕揮動用小指纏繞在一起的兩隻手。

「為什麼不是吞下一千根針而是要吞安眠藥啊！妳想幹什麼！」

「如果是男孩子的話就取名貴士，女孩子的話就取名千代紙。」

「妳到底想幹什麼啊！」

就在士道大叫出聲的同時，十香抬起頭來，以銳利的眼神瞪向折紙。

「妳……妳這傢伙！幹什麼啦！」

「跟妳沒關係。天央祭當天，我跟士道約好要一起去逛攤位。」

「妳……妳說什麼！開什麼玩笑！那個約定是我的！」

聽見十香的叫聲，折紙像是在炫耀般地從鼻間哼了一聲，揚起下巴示意士道小指與自己小指接合的部位。順帶一提，折紙的小指像是老虎鉗般牢牢固定住士道的手指，讓他無法輕易掙脫。

「嗚！妳……妳這傢伙還不快鬆手！」

十香皺著臉，抓住兩人的手腕，打算拉開士道與折紙的手。不過……

「現在分開手指的話，就代表『打勾勾了』——也就是完成約定的意思。」

「什……！不……不許鬆開！不可以鬆開！」

「是嗎……既然妳這麼說，那也沒辦法了。我永遠都不會放手了。」

折紙面無表情地如此說道。十香輕輕點頭。

「嗯……嗯嗯。維持這個狀態的話，約定就無法完成了。這麼一來……」

鬆了一口氣的十香撫著自己的胸膛——但是，「嗯嗯？」立刻又皺起眉頭。

「等一下！這麼一來，士道就得永遠跟妳在一起了呀！」

「那是不可抗拒的因素。無法可解。」

「妳……妳這傢伙！這是妳的詭計吧！」

露出驚訝神情的十香，以氣憤的語氣如此說道。

「喂，妳們兩個……」

從小指到手腕的部位漸漸失去知覺，士道的臉頰不禁微微抽搐。

然後，就在此時，原本籠罩在體育館的狂熱氣氛突然產生了些微變化。

「各位同學，請肅靜。我已經確實接收到你們的心意了。不過，我有一個要求。」

說完後，亞衣拿起麥克風繼續說道：

「親愛的同胞，包含桐崎學生會長在內的幾名同學已經在半途中變成英靈了。因此，我們將在此招募繼承會長他們理念的同志。如果有自願者，請務必報上名來！」

學生們開始喧鬧起來。可能是因為大家都不明白這段話的意思吧。

過了一會兒，站在前方的學生舉起手來。

「請問，那是什麼意思呢？」

亞衣搔了搔頭，突然一改方才猶如演戲般的語氣繼續說道：

「嗯……老實說，會長他們累積過多壓力與勞累，已經病倒了。所以必須在此決定代理人員。有誰想擔任天央祭的執行委員嗎？」

這一瞬間——

在數秒前還發出猶如地鳴聲響的學生們，不約而同地安靜下來。

似乎察覺到情況不妙，亞衣連忙比手畫腳地打圓場：

「哎呀，話雖如此，其實大部分的工作都已經完成了喔！真的沒騙你們。只要在開會時坐在座位上就好了！真的是個完全無拘無束的委員會喲！還能藉此提升自身實力！」

不知為什麼，後半段的內容聽起來就像是黑心企業在招募打工人員的時候，故意引人上當的說詞。

看得出來，剛剛還表現得那麼瘋狂的學生們的熱情急遽冷卻。為了不與台上的亞衣一行人四目相交，大家紛紛挪開視線。

不過，士道沒有多餘心思去注意體育館裡氣氛轉變的事情。

「對了！」

像是想起什麼事情似的，十香瞪大眼睛，然後對準折紙的對側——也就是士道的左手小指，把自己的小指纏繞上去。

「怎麼樣！這樣我就跟妳一樣了！」

「用左手打勾勾意味著絕交，代表以後不會和那個人再有任何關聯。」

「什……什麼……！」

十香發出充滿恐懼的聲音，來回看向士道的臉與連接在一起的手指，然後露出一副快要哭出來的表情。

「士……士道！不……不是這樣的，我不是那個意思……」

「……不，我沒有聽說過那種說法。」

聽見士道的話，十香驚訝地瞪大眼睛——

「妳……妳這可惡的傢伙！居然一而再、再而三……！」

大聲喊出這句話之後，用力將士道的小指拉過來。而折紙也不服輸，以小指作為支點將士道拉向自己。

「好痛痛痛痛痛痛痛！快……快住手！」

如果這是那起由大岡越前所解決的爭奪孩子案件的話，那麼其中一方必定會先鬆開手吧。但現實是殘酷的。兩人不僅沒鬆手反而變得更加用力。然後……

「呵呵……汝等怎可將吾等擱置在一邊擅自做決定呢？如此愉悅的祭典，毫無疑問的，士道當然是要與吾等一起享樂呀。」

「警告。士道是夕弦與耶俱矢的共有財產。即使是折紙大師也不能通融。若要使用，最晚請在一個禮拜前提出書面申請。」

原本處於兩人甜蜜世界的八舞姊妹，在發現騷動之後也出聲插話。在士道動彈不得的情況下，趁機從前後兩方黏到士道身上。

「唔……唔姆！耶俱矢與夕弦，連妳們都這樣！」

「……不想死的話就趕快離開士道！」

兩人更加用力地拉扯士道的雙手。

「呀啊啊啊啊！」

「妳這傢伙……！沒看到士道很痛嗎！快點鬆手！」

「那是我的台詞。趕快放開他。」

「呵呵，汝等就繼續進行那毫無意義的爭論吧。」

「同意。在妳們吵架的期間，士道就由夕弦與耶俱矢收下了。」

而且更糟糕的是，現在與剛剛不同，周圍已經變得鴉雀無聲，所以這場騷動特別引起學生們的注視。殿町與其他男學生們咬牙切齒地用銳利眼神瞪向這裡；女學生們則是開始竊竊私語。

然後，以怨恨眼神瞪視士道的殿町在此時轉過身去，突然高高舉起手大聲說話。

「主席！」

「請發言，殿町同學。」

「我推薦五河士道同學擔任天央祭的執行委員！」

「什……！」

友人突如其來的背叛，讓士道瞪大雙眼。

「殿……殿町你這傢伙！在說什麼啊……好痛痛痛痛！」

不過，抗議的聲音卻被左右兩方的強力絞盤打斷。

就在這個時候，贊成殿町意見的男生們一個接一個地開口說話：

「贊成！拜託你了，五河同學！」

「贊成！我們的意志只能託付給五河同學！」

「贊成！你這混蛋就乖乖被奴役到送醫院為止吧！」

「喂！最後這句才是真心話吧！」

即使大聲喊叫，也無法阻止已經達成共識的男學生們繼續表示贊同。女孩子也在此時趁勢表態，一起高呼五河的名字。

「安靜！」

然後，亞衣從台上出聲制止這場騷動。

這一瞬間，還以為亞衣會幫忙勸大家冷靜下來……不過這想法真是太過天真了。

「各位的聲音，我確實接聽到了！二年四班五河士道同學，經他人推薦並且獲得多數人贊同，我在此任命你為天央祭執行委員！」

「等……！」

「哦哦哦哦哦哦哦哦哦哦哦哦哦哦哦哦哦哦哦哦哦哦哦哦！」

士道的聲音隨即被震動體育館的歡呼聲吞沒。

◇

在帝國飯店東天宮頂樓的總統套房內，艾薩克．威斯考特悠閒地坐在沙發上，並且輕輕嘆了一口氣。他揚起下巴，顏色黯淡的灰金色瀏海隨之輕輕搖晃，如同鋒利刀刃般的銳利眼睛瞇了起來。

現在威斯考特的視線前端，放了一疊用長尾夾固定住的文件。他揚起嘴角之後，將視線轉向左方。

「——原來如此。ＡＡＡ等級的精靈〈公主〉(Princess)以及使用精靈能力的少年……嗎？而且這兩個

人還在同一所學校上學，確實令人很感興趣。」

「是。」

隨侍在側的，正是製作出這份資料的少女。

艾蓮．M．梅瑟斯。DEM公司引以為傲，人類最強的巫師（wizard）。

「不僅如此，現場還出現了〈拉塔托斯克〉的空中艦艇。」

〈拉塔托斯克〉。對於威斯考特和艾蓮而言，這個名字跟他們有著很深的淵源。

以和平手段抑制空間震發生，並且保護引發空間震的主因——精靈。〈拉塔托斯克〉便是將這種像是喝醉酒的人才會說出的瘋言瘋語當作理念的組織。

忍不住笑意的威斯考特將手掩住嘴角。

「呵呵，為什麼呢？我竟然覺得有點高興。沒想到那個小夥子居然敢瞞我。」

「是嗎……我倒是覺得非常不高興。」

艾蓮立即做出回應。威斯考特覺得艾蓮的反應更加有趣，把原本遮掩嘴角的那隻手蓋住臉，嘻嘻笑了起來。

艾蓮似乎對威斯考特的反應感到不甚滿意，雖然她臉上的表情沒有任何改變，卻表現出不悅的態度。

威斯考特揮了揮手表示歉意，然後繼續說道：

「那麼，那邊的情況怎麼樣了？」

「進行得很順利。亞德普斯3號之後的十名隊員，從今天開始分配到實動部隊。」

「很好。」

威斯考特一臉滿足地點點頭。為了讓這個不合理的編制獲得通過，必須花掉不少錢來進行賄賂——不過那都是小事。

設立新的系統與機構，才能有效率地調動如同自己左右手的巫師們。但是這個做法需要龐大的資金與時間。不過要在日本國內公然使用武力，這也是最簡單快速的方式。

「五河——士道。」

他再次將視線落在文件上，唸出記載在上面的名字。

此時，威斯考特以誇張動作聳了聳肩。

「不過，上面居然沒有附上最重要的照片。真不像妳的風格吶。」

沒錯。〈公主〉夜刀神十香的資料裡，還有附上幾張用望遠鏡頭拍攝的照片，但是這名少年卻完全沒有照片。

「我沒料想到會需要除了精靈以外的其他人的資料。我馬上準備。」

「不，不用了——不過，我想儘快與他本人見面。」

聽見他的話，艾蓮輕輕嘆了一口氣。

「我明白了。我一定會安排好。」

「哦，我很期待。」

威斯考特說完後，將文件放在桌子上，從沙發站起身來。

「——對了對了，還有一件事。」

接著他慢慢走到艾蓮身邊，伸手搭上她的肩膀。

「如果〈拉塔托斯克〉跟那兩個人有關的話……妳不覺得應該向他們打個隆重的招呼嗎？」

「打招呼嗎？」

「是的，沒錯。超群出眾的招呼喔。例如痛毆那群傲慢和平主義者的腦袋，讓他們清醒過來那種。」

說完後，威斯考特不禁露出一個意味深長的笑。

◇

現在是太陽完全西沉的十九點三十分。士道拖著蹣跚步伐走在昏暗道路上。

「累……累死我了……」

結果在那之後，無法抵抗群眾暴力，正式被任命為天央祭執行委員的士道，被半強迫地與她們一起完成交接工作。

從攤位的設置規定，到預算分配、各種傳達事項，還有其他諸多資訊等等，都被一口氣塞進士道的腦袋裡。比起身體上的勞累，精神上所感受到的疲憊反而更加嚴重。原來執行委員要一直處理如此大量的資訊，也難怪會讓人因為承受過大壓力而胃痛了。亞衣、麻衣、美衣她們居然還能活蹦亂跳的。

士道右手拿著書包，左手搖晃著購物袋，緩慢地走在路上。

今天沒有前往超市，而是到附近的商店街購物。因為太累不想繞遠路到超市是其中一個原因，不過最主要的原因是……

（天央祭即將來臨了吧，今年也要拜託你們了喲！來，這個青椒送給你。）

（你說絞肉的公斤數比你要買的數量多？哈哈，你要多吃一點才會有體力啊！）

（這個給你！沒關係～沒關係～記得要分給常常跟你一起來的那個孩子喔。）

就像這樣，可以從熟人那邊拿到許多贈品。

舉辦天央祭的期間，會有許多市內外的人聚集在此，所以附近的商店街也會變得很熱鬧。事實上，這可是除了年末年初以外，生意最興隆的時期。

士道一邊看著張貼在道路旁圍牆上的天央祭彩色海報，一邊輕輕微笑。光是有能獲得優惠的這一個禮拜，天央祭就為五河家省下不少開銷。

「……嗯？」

就在此時，士道突然停下腳步。

因為在士道的前方──被街燈照亮的街道上，出現一個小小人影。

那是一名戴著帽簷寬大的草帽，身穿淡色連身裙的嬌小少女。美麗的藍色雙眸，還有戴在左手上的兔子手偶令人印象深刻。她似乎正在看貼在圍牆上的海報。彷彿深感興趣似地，將自己的大眼睛睜得更加圓滾滾。

「四糸乃？」

「……！」

聽見有人呼喚自己的名字，少女──四糸乃晃顫了一下肩膀，往士道的方向看過去。

「啊……士道。」

「哦！找～到～了！」

四糸乃發出音量微小的聲音，緊接著，左手的手偶──「四糸奈」則是放聲大喊。

「怎麼了？妳們怎麼會在這裡？都這麼晚了……」

「那……那個……我……剛才有去拜訪士道的家。但是……士道卻遲遲沒有回家，琴里很擔心……所以……」

看來她似乎是出來尋找自己的。士道搔了搔後腦杓。

「這樣啊。不過，天色已晚。妳們兩人不該單獨跑出來喔。」

聽見士道的話，四糸乃滿臉歉意地縮起肩膀。

「嗚……嗚嗚……」

「不要凶她嘛～四糸乃沒有惡意呀！她只是擔心士道～」

「我知道。謝謝妳，四糸乃。」

「不……不客氣……！」

說完後，四糸乃用力點頭。因為那頂大草帽的緣故，從士道的位置看不到四糸乃的臉。

「妳還沒吃晚餐吧？雖然有點晚了，不過到我家來吃飯吧？」

「好……謝謝你。還有……那個，有件事情想請教你……」

接著，四糸乃慢慢地用右手食指指向剛剛一直注視著的海報。

「這個……到底是……」

「嗯？這是天央祭喔。」

士道輕輕點頭，然後與向十香解說那時候一樣，簡單說明天央祭是什麼。

接下來，四糸乃相當感興趣地低聲嘟囔：

「是嗎……原來有這種活動呀……」

「哈！好像很好玩吶！」

「是啊，很好玩喔！如果可以的話，四糸乃妳們也一起來玩吧？」

士道說完後，四糸乃驚訝地瞪大眼睛。

「可……可以嗎……？」

「當然。我們學校也會展出許多東西，到時候再過來玩吧。」

「哇啊！真是太好了～四～糸乃！」

「嗯、嗯……！」

「四糸奈」輕戳四糸乃軟軟的臉頰，而四糸乃則是愉悅地點點頭。

能夠讓她感到如此高興的感覺還真是不錯。心情跟著變好的士道，與四糸乃一起走回家。

「——我回來了！」

當四糸乃為雙手提滿東西的自己打開門的同時，士道朝著走廊裡頭大聲喊叫。

接下來，將東西放在玄關上並且脫下鞋子之後，「砰！」客廳的門突然被人打得大開，一名用黑色緞帶將長髮綁成雙馬尾的少女飛奔出來。然後……

「太慢了——！」

大聲喊叫的同時，對準士道的胸口使出一記漂亮的飛踢。

「嗚嘎……！」

這突如其來的攻擊，讓士道當場跌坐在地。他一邊撫摸悶痛的腹部一邊站起身，看見滿臉不悅的妹妹大人直挺挺地站在眼前。
「哼……『嗚嘎』呀，你留到卡拉ＯＫ之後再這麼叫吧！」
「妳……妳幹什麼呀？突然間……」
「……那是我要說的吧！為什麼這麼晚才回家？而且連一通電話都沒打。」
士道搔了搔臉頰。雖然自己確實是晚回家，但是現在才不到八點而已。
「抱歉。因為我突然被任命為文化祭執行委員了。」
「執行委員……」
「……你的身體，應該沒有不舒服的地方吧？」
聽見士道的話，不知為何，琴里嘆了一口氣。
「咦？」
「……沒事。比起那件事，居然還叫四糸乃出門去迎接你，你到底在想什麼呀。天色都已經這麼晚了。」
「不，那是……」
原本想開口反駁的士道……突然停止說話。
「嗯，說得也是，抱歉。我以後會多加注意。」
「啊……那……那個，琴里，士道他……」

「別說了。」

士道出聲制止想為自己辯護的四糸乃。不知為何，在看見這番情景之後，琴里的表情變得更加不高興。從鼻間哼了一聲，轉身往客廳的方向走過去。

等到琴里背影消失之後，四糸乃才愧疚地低下頭。

「對不起……都是因為我……」

「別在意。」

低聲說完這句話之後，「唔……」士道呢喃。雖說今天是個特例，但是自從上個月士道從教育旅行回來之後，琴里的樣子就變得有點奇怪。

平常倒也沒有什麼異樣，但是只要士道表現出稍微懶洋洋的模樣，琴里就會變得焦躁不安。

士道搔了搔頭當場站起身來，然後拿起東西走向客廳。四糸乃則是跟隨在士道後頭。

就在此時，士道發現客廳的門微微開了一道縫隙。而且從那道縫隙間，有雙眼睛正目不轉睛地看向這邊……那是應該在剛剛消失於門的另一側的琴里。

「怎……怎麼了？還有什麼事嗎？」

士道的話才剛說完，門的另一側便傳來「咕嚕咕嚕咕嚕……」這樣可愛的肚鳴聲。

「…………」

琴里漲紅了臉。士道放下書包，在嘆了一口氣之後，表情也變得和緩許多。

「有什麼想吃的嗎？」
「……漢堡排。」
「現在開始做嗎……？」
這是一道相當花費時間的料理。士道拿出手機想要確認現在的時間。
結果在螢幕上，看見來自琴里的未接來電……看來琴里似乎相當擔心自己。
「…………」
士道將手機收起來後，一邊轉動肩膀一邊往客廳的方向走過去。
「會花點時間也沒關係嗎？」
「……嗯。」
琴里繃著臉跑向客廳，然後鑽到沙發上。
往那個方向看過去，發現客廳裡除了琴里以外，還有其他人的身影。在隔壁公寓換好衣服的十香，手握搖桿坐在電視前方。
雖然她拗著說要等到士道開完委員會為止，但是士道知道時間一定會拖到很晚，所以就讓她先回家了。
「哦哦，士道。你回來啦！話說回來，琴里！快點來幫我呀！」
身體配合畫面左搖右晃的十香大聲叫道。不過琴里只是將臉埋在靠墊中並且發出模糊不清的

聲音：

「嗯……四糸乃，拜託妳了。」

「咦……咦咦……？」

突然被要求代替琴里的四糸乃，慌慌張張地跑到十香身邊。

「呃……這個……要怎麼玩……」

「快速衝過去發射光線就會產生爆炸！就是那裡！」

「那……那個……我……」

「哎，要人教還不如自己實際操作喲～四糸奈負責左邊，右邊就交給四糸乃囉～」

「我……我知道了……」

四糸乃與「四糸奈」同時握住搖桿，開始玩起遊戲來。

「……哈哈。」

士道看到這副情景之後，將書包隨意放在一旁，然後洗手漱口，伸手拿起掛在椅背的圍裙。

接下來，就在士道開始動手剝洋蔥的時候，趴在沙發上的琴里突然抬起頭來開口說道：

「……喂，士道。你真的沒事吧？」

「嗯？什麼嘛，原來妳在擔心我啊？」

「才……才不是呢！是……是十香喲！十香！萬一士道發生什麼意外讓十香的精神狀態變得

不穩定，那可就糟糕了呀！所以你要好好照顧自己的身體才行！」

「好、好。」

士道一邊笑一邊說道。琴里則是坐了起來，一臉不悅地看著士道。

聽見有人叫喚自己名字的十香說了一聲：「什麼事？」不過在那個瞬間，似乎有個魔王等級的角色登場了。於是十香的注意力立刻又回到遊戲裡。

琴里嘆了一口氣，將身體靠在沙發背上，以十香她們聽不見的音量繼續說道：

「……不過，你真的得小心。現在情況變得很複雜。」

「情況變複雜？」

聽見士道的疑問，琴里說了聲：「沒錯。」並且點了點頭。

「原因有很多……不過目前最大問題是〈幻影〉(Phantom)吶。」

「〈幻影〉……？那是什麼？精靈的識別名嗎？」

「就是五年前，出現在我們面前的『那個東西』。一直叫他『那個東西』實在是有點不方便吶。所以在之前的會議中，就暫時先幫他取了個識別名。」

「啊啊……是那個呀。」

五年前。賜予琴里精靈的力量，封印士道與琴里的記憶，不確定其身分是否為精靈，真實身分成謎的存在。

那個存在確實成了一宗懸案。而且現在他的真實面貌與目的等，一切都還處於謎團之中。

「另一個大問題則是——那間公司。」

「ＤＥＭ公司……嗎？」

士道說完後，看見琴里點了點頭。

那是發生在上個月的事。參加教育旅行而前往某座島嶼的士道，與精靈二人組——八舞耶俱矢、八舞夕弦相遇。然後在那個時候，同時也遭到巫師艾蓮．梅瑟斯、使用CR-Unit的機械人，以及巨大空中艦艇的襲擊。

幕後的犯人，正是ＤＥＭ——Deus Ex Machina Industry。

業務內容跨足各項領域的這家公司，如果追本溯源的話，是因為軍需產業而開始急速成長的。雖然沒有對外公開，但是自衛隊ＡＳＴ所使用的顯現裝置的製造商，似乎就是這一家ＤＥＭ公司。

「不過……現在還是很沒真實感吶。那間ＤＥＭ公司居然會做出那種事……」

「不要說夢話了。如果他們有良心的話，真那就不會——」

「咦？」

聽見琴里的話，士道的眉毛抽動了一下。

「真那……？真那怎麼了嗎？」

那是以前出現在士道他們面前，自稱士道親妹妹的少女的名字。不過，她在之前與精靈的一場戰鬥中受了重傷，現在應該在醫院接受治療才對。

琴里露出一副「糟糕了」的表情，接著閉緊嘴巴並且挪開視線。

「喂……喂，到底發生什麼事？真那她怎麼了……」

這件事不能坐視不管。把手中的洋蔥放到砧板上，士道一邊用圍裙擦拭雙手一邊繞過餐桌走向客廳。

不過，就在士道站到琴里面前的那一瞬間——

嗚嗚嗚嗚嗚嗚嗚嗚嗚嗚嗚嗚嗚嗚嗚嗚嗚嗚嗚嗚嗚嗚嗚嗚嗚嗚嗚嗚——

「……什——」

客廳的大玻璃窗微微震動，空間震的警報聲響徹整個街道。

剎那間，琴里站起身來從士道身邊穿了出去，身上裙子飄飄飛揚。

「啊，喂……喂！我的話還沒說完——」

「之後再說吧。士道也趕快去準備，要開始工作了。」

說完後，琴里從像是腿掛槍套一樣穿戴在裙子裡的棒棒糖掛套中取出一支加倍佳，瞬間拆開

包裝放入口中。

◇

將時間稍微往前回溯到陸上自衛隊天宮駐屯基地。

「——鳶一折紙上士。從今天開始，解除對妳的禁閉處分，妳可以繼續參與ＡＳＴ的一般任務與訓練。」

「是。」

在基地的某間房間裡，聽見長官告知自己的消息後，折紙以敬禮作為回應。

沒錯。自從六月發生那起醜聞以來，折紙一直被禁止使用顯現裝置，也不能參與陸上自衛隊的活動。

當然，這段期間內，折紙依舊有做基礎訓練，但是由於無法使用顯現裝置的緣故，所以並不能進行針對精靈的戰鬥訓練。折紙一直承受難以言喻的焦躁感與無力感所帶來的煎熬，努力度過這段超過兩個月以上的時間。

話雖如此，其實發生這種狀況，即使遭到比免職處分更嚴重的刑事處罰也不奇怪，若從這個角度來思考，折紙能再次歸隊已經算是一個奇蹟了。

「不准再犯。如果再發生同樣的事情，妳就再也無法歸隊了。妳要牢記這一點。」

「我明白了。」

就在折紙做出簡短回應的時候，突然有人沒敲門就直接打開房門。

「……？」

折紙往後方轉過頭，在確認那名犯人的身分後疑惑皺眉。

「……日下部上尉？」

沒錯。表現出激動情緒進入房間的人物，正是對於預算與禮儀都有著嚴格要求的ＡＳＴ隊長——日下部燎子。

不過，燎子卻打破折紙對她的認知，焦躁地踩著重重步伐往前走，然後將手中的書面文件用力摔在長官的桌子上。

「這是怎麼回事！」

「究竟是……什……什麼事……」

連塚本少校也被燎子怒氣沖沖的氣勢震懾，不但沒有指責燎子的無禮行為，反而還把身子轉了過去。

「怎麼了？」

聽見這個問題，燎子才終於察覺到折紙的存在。

「啊啊……折紙。對了，今天是妳歸隊的日子。剛好，對於這個，妳有什麼意見？」

說完後，燎子將剛剛捧在桌子上的書面文件遞過來。折紙將視線落在紙面上。

「這是……」

在看見記載在上頭那令人難以置信的內容之後，折紙微微皺起眉頭。

「這種編制未免也太不合理了！十名外國籍隊員……而且還授予那支獨立分隊在緊急情況下擁有特別裁量權……！上級們究竟在想什麼！」

說完後，「砰！」燎子再次用力敲打桌子。塚本少校的肩膀顫抖了一下。

那份文件記載的內容是ＡＳＴ遞補人員的相關資訊。

其實，這種事理應不會有什麼大問題。

但是當遞補人員多達十人——而且全員都是ＤＥＭ公司的派遣人員，再加上都是外國人的話，那可就另當別論了。

再者，他們還被賦予特權，能視情況自由脫離燎子的指揮。這種事與股份被壟斷購買而導致公司被他人霸占的情況有何不同。

「ＡＳＴ可不是棒球隊！怎麼可以讓外國人入隊！而且還授予他們這種權限，這當中一定有問題！」

「那……那是……」

塚本開始支吾其詞。燎子焦躁地抓了抓頭，表現出「跟你說再多也沒用」的態度，打算轉過身去。

不過，就在此時，房門再次被打開了，但這一次是以緩慢的速度開啟。

然後——大約十名左右的外國人依序進入房內。

「——哎呀？」

此時，站在最前面的紅髮女子看見燎子與折紙的身影後揚起嘴角。她的年紀大約與燎子相仿。或許是因為女子的眼尾微微往上吊的緣故，她的外表總會讓人聯想到狐狸。

「看妳的表情就知道妳看過資料了吧。ＡＳＴ的隊長，還有——對了，妳叫鳶一折紙吧？」

以獨特的腔調說完這句話之後，女子臉上的笑意加深。

「……妳是？」

燎子提出反問。接下來，女子用力點點頭，然後伸出右手。

「我是從今天開始調派到ＡＳＴ的潔西卡．貝里。以後請多多指教。」

「……哼。」

燎子的臉扭曲成不悅的神情，用像是要把手打飛般的力道與對方握手。

「我不知道妳們究竟有何目的。但是我是不會讓妳們在這裡撒野的。只要妳們隸屬於ＡＳＴ，就必須聽從我的命令！」

聽見燎子的話，潔西卡瞪大眼睛，與背後的部下交換一個眼神之後聳起肩膀。

「如果聽從妳的命令，就能打倒精靈嗎？」

「……妳說什麼？」

「我聽說了很多有關AST的事情。妳們雖然是空間震發生次數最多地區的對抗精靈部隊，實際上卻是到現在都還沒打倒過一隻精靈的扮家家酒部隊。」

「什──」

潔西卡的視線離開緊緊皺眉的燎子，轉移到折紙身上。

「我也聽說過妳的事情囉。聽說妳擅自前往獵殺精靈，最後遭受了禁閉處分。啊哈哈，或許妳跟我們有點相像吶。」

折紙沉默不語。接下來，潔西卡迅速地把臉湊過來。

「不過，妳這樣不行喲。妳的行為真是太不像話了。強行使用〈White Lycoris〉那種缺陷品，最後卻沒有達成目標吧？呵呵，真是丟臉呀。」

當潔西卡笑著說完這段話之後，後方的隊員們也開始偷笑了起來。

「隊長，不管如何，妳說得也太過分了吧。」

「妳不能拿我們的標準，來評估位於極東地區的廢物隊員呀。」

「對嘛。她也不是自願變成弱者的嘛！」

長滿雀斑的女人、唇厚的女人，以及小眼睛的女人，依序以嘲笑的口吻如此說道。折紙依舊維持相同的表情緊緊咬住牙齒。

「哎呀，生氣啦？呀哈哈，生氣又能怎麼樣呢？妳們連精靈都無法打倒，怎麼可能會是身為DEM亞德普斯成員的我們的對手呢？」

「……等等，妳們不要太過分了——」

就在燎子打算制止潔西卡的時候……

四周突然響起尖銳的警報聲。

「……！折紙，準備出動了！妳的身手沒有退步吧！」

「當然。」

就在折紙做出回答並且打算跑出去的時候，潔西卡一行人的臉上再次浮現笑容。

「不管身手有沒有退步，如果無法殺死精靈，兩者的結果不是都一樣嗎？」

「…………」

「住手，折紙。現在不是吵架的時候吧？」

當折紙瞪視著潔西卡的時候，燎子擋在兩人中間阻止衝突發生。

「我們要出去應戰。不管妳們說什麼，我們都必須保護這個城市……妳們打算怎麼做？」

「啊啊，我們嗎？這個嘛……好吧，這是個好機會，我們也出動吧。我們可以教導妳們如何

作戰。不過──」

潔西卡豎起一根手指之後，繼續說道：

「我們背負著一項特別任務。我們會根據實際情況，優先執行那項任務喲。」

「……特別……任務？」

折紙在說話的同時，皺起眉頭。

不知為何，折紙從這句話裡面感受到一股不祥的味道。

◇

「嗚……」

士道不自覺地皺起臉孔。在如同搭乘高速電梯般的奇妙飄浮感包圍身體的同時，映入眼簾的景象也從昏暗的艦艇內部轉變成夜晚的街道。

利用搭載在〈佛拉克西納斯〉的裝置，在一瞬間完成近似瞬間移動般的傳送。士道努力在如同喝醉酒般的扭曲意識中保持清醒，同時將腳踏在地面上。

等到視線變得清晰之後，再次環顧四周。

士道所降落的位置，是位於天宮市西部的立浪車站前方廣場。

因為它是距離多用途活動會場——天宮小巨蛋最近的車站，每當有演唱會或活動舉辦時，這裡便會被人群擠得水洩不通。以前士道曾經在不知道某個人氣樂團在此舉辦演唱會的情況下經過這個地方，被人山人海的情景嚇了一跳，因此留下深刻的印象。

不過，如今這個站前廣場卻空無一人。

這也難怪。因為映入士道眼簾的景色，其中大部分被削成了鉢狀，形成看似隕石坑的凹洞。站前廣場也幾乎面目全非，僅僅殘留部分柵欄而已。

空間震。侵蝕人類與世界的突發性災害。

能在瞬間將「存在於此的事物」全數摧毀的廣域震動現象。

「看樣子你平安無事抵達現場了呀。」

從戴在右耳的小型耳麥傳來琴里的聲音。

身為〈拉塔托斯克〉司令官的琴里，如今應該位於飄浮在距離平地一萬五千公尺高空處的空中艦艇〈佛拉克西納斯〉中，監控著士道的一舉一動。

「精靈的反應從空間震發生地點往南方移動了喲。你得加快腳步了。」

「好……！」

回答之後，士道馬上開始奔跑。

——精靈。被稱為摧毀世界的災難，也是被指定為特殊災害的生物。

所謂的空間震便是精靈從被稱為「鄰界」的空間來到這個世界時所產生的餘波。

「……嗚啊！」

即使腳步踉蹌，士道還是繼續奔跑。今天或許剛好有演唱會或活動吧？被街燈照亮的道路上，滿是散落在地的彩色傳單以及貼有照片的圓扇。一開始還以為是不守禮儀的惡質聽眾所為，不過如果突然響起空間震警報，人們應該也只能丟掉手中傳單趕緊逃命吧。

「琴里，精靈的反應在哪裡？」

「等一下，現在正在確認正確位置——」

就在琴里開始說話的瞬間，士道的眉毛抽動了一下。

因為此時突然有個聲音從前方——天宮小巨蛋的方向傳過來。

「這是……歌聲……？」

沒錯。雖然被牆壁阻絕後的音量變得相當微小，不過這毫無疑問的是「歌聲」。

難道對方是在空間震警報聲響起，聽眾全部前往避難的情況下，即使剩下自己一個人也要堅持繼續唱歌的歌手嗎？這種想像在一瞬間浮現腦海——但是士道立即搖了搖頭。

他有點恍惚地推開大門，走進小巨蛋裡面。

接下來，往前走到可以一覽舞台的位置。

瞬間——一股令士道全身無法動彈的感覺襲來。

小巨蛋的中央。可能是表演者或工作人員將舞台設備放置在原地直接跑去避難的緣故，昏暗的會場中，只有如同瞭望台般高高升起的舞台被下方幾盞聚光燈照亮，散發出明亮光輝。

在那個舞台的正中央……

一名少女身穿以光之粒子縫製的燦爛衣裳站在那裡，其聲音響徹整個會場。一首由沒聽過的語言架構而成、猶如搖籃曲般安穩平靜的曲調傳進士道耳裡。

「啊──」

無意之間，從士道的喉嚨裡，發出感嘆般的聲音。

沒有樂器伴奏，也沒有使用麥克風與擴音器。那是完全無伴奏的獨唱。

但是這首單純由人聲所構成的曲調卻具有壓倒性的力量，給人一種通過耳朵滲透整個腦幹的錯覺。

「那個難道是──〈歌姬(Diva)〉……！」

「……！」

直到聽見突然傳進右耳裡的琴里的聲音，士道才回過神來。士道垂下雙眼輕輕搖頭。順便輕拍臉頰，讓自己重新打起精神來。

──沒錯，現在可不是沉迷在歌聲中的時候。

畢竟從現在開始，士道將要進行一項非常困難且極為重要的任務。

「〈歌姬〉……這是那個孩子的識別名嗎？」

「沒錯……她是大約在半年前被發現到曾經現身過一次的精靈。資料庫裡雖然記載了她的存在，但是我們對於她的性格與脾氣，或是能力、天使的詳細情報等，幾乎可以說是一無所知。你先小心謹慎地試著與她接觸看看吧。」

「我……我知道了。」

士道點了點頭，將臉再次轉向少女所在之處邁步向前。

就在此時，「鏘！」會場內響起清脆聲響。

「啊……」

士道維持往前踏出一步的姿勢，身體再次僵直在原地。

士道似乎在跨出腳的瞬間，一不小心踢飛了放置在地板上的空罐子。

少女似乎也注意到那個聲音，歌聲突然停止了。

「——哎呀？」

接下來，發出與響徹會場的歌聲完全不同，聽起來慢慢吞吞的聲音。

「笨蛋，你在幹什麼呀？」

「抱歉……因為腳邊太暗，我看不太清楚……」

不過，士道並沒有把這句辯解說完。

因為舞台上的少女在環顧會場後，繼續說道：

「原來這裡有聽眾呀？我還以為一個人都沒有呢～」

前方傳來聽起來溫柔並且悠然自得的聲音。由於觀眾席太暗的緣故，少女似乎看不見士道的身影。

「你在哪裡呀～？我一個人在這裡正感到有點無聊呢。如果可以的話，能跟我說說話嗎？」

「琴里──」

「嗯……看來，對方並非不分青紅皂白就發動攻擊的精靈吶。對話方面就由我們來提供支援，你先試著移動到可以跟她直接對話的位置吧。」

「我明白了，我現在就試著走過去。」

士道握緊拳頭，同時點了點頭。接下來，爬上通往舞台上的階梯。

不過，就在登上舞台的前一刻，右耳聽見琴里的制止聲。

「Stop！出現選項了──嗯，看來是要你登場的同時出聲向她搭話的模式呀。」

在昏暗的半橢圓形空間中，浮現許多由螢幕散發出來的光塊。

琴里目前的所在位置，是距離士道他們所在的天宮小巨蛋正上方約一萬五千公里處，飄浮在黑夜中的空中艦艇〈佛拉克西納斯〉的艦橋中。

此時，嘴裡含著加倍佳，仰坐在艦長席上的琴里站起身來，身上的深紅外套與裙襬也隨之擺動。接下來，她在艦橋內大聲喊道：

「全體人員，開始選擇！」

聽從琴里的指示，並列坐在艦橋內的船員們開始操作手邊的控制台。

現在，艦橋的主螢幕上跳出一個列出三個選項的視窗。

①「因為妳實在是太美麗了，所以我不禁看到出神。」

②「妳的歌聲——好好聽啊。」

③「從下往上眺望的景色真是太棒了！」

那是正在監視精靈精神狀態的〈佛拉克西納斯〉的ＡＩ所推算出來，攻略精靈的手段。

在琴里舔拭嘴唇的同時，小型螢幕上顯示了每個人的回答。

獲得最多票數的是——②。

「原來如此……是個不錯的答案吶。」

就在琴里說話的同時，位於艦橋的船員們開口說話了：

「①雖然也不錯，但是這個回答有點太露骨了，所以這個時候應該選擇②吧。」

「既然會在這種地方唱歌，應該不會討厭被人誇獎吧？」

確實如此。琴里輕輕點頭。

「說得也是吶……令音，妳的看法呢？」

說完這句話，坐在琴里左方位置上的女性，將裝飾著明顯黑眼圈的雙眸轉向這邊。

「……嗯，這個嘛。應該是個妥當的答案吧。畢竟關於〈歌姬〉這名精靈的情報可以說是非常少。以這個問題的反應為基準來預測接下來的趨勢，也是個不錯的選擇。」

「原來如此。好，那就選②吧。話說回來，神無月。」

在對士道下達指令之前，琴里瞄了畫面一眼。因為在票數幾乎集中於②，剩下幾票選①的情況下，只有一名船員選了③。

擁有如同假人模特兒般容貌的高挑男子，正以立正姿勢站在琴里背後。他是這艘艦艇的副艦長，也是琴里的副官——神無月恭平。

「是！」

「海與山，你比較喜歡哪個呢？」

「咦？是在談論『如果與司令去旅行』之類的話題嗎？那麼我果然還是會選擇暴露程度較高的海邊……」

「很好。那麼我就送你去當魚飼料吧。」

琴里彈了一個響指，接著有兩名壯碩男人從背後的門走出，抓住神無月的雙臂。

「冤……冤枉呀！Wet Clothes！（註：在日文中「濡れ衣」本意為被海水或雨水打溼的衣服，引申有

冤枉之意。故神無月按照字面意思直接翻譯成英文。）這一次我的選擇是②啊！」

「……你說什麼？」

琴里操作控制台讓螢幕顯示出選項的詳細內容。

接下來，發現神無月確實把票投給第二選項。

「那麼，到底是誰……」

琴里深感詫異地看向標示為③的地方，上頭記載的名字為「中津川」。

「中津川是你呀！」

「咿！」

聽見琴里的吼聲，〈穿越次元者〉中津川的肩膀顫抖了一下。

「呃……請……請問有什麼事嗎？司令……」

「你還敢問『請問有什麼事』？我不會說出『不准選③』這種話。畢竟我也需要不同的意見做參考——只不過，至少要請你說明選擇這個選項的理由是什麼。」

「咦？妳說③……咦？」

中津川表現出不明白琴里所言何意而左思右想的樣子，接著看向個人螢幕「嗚啊！」發出驚訝的叫聲。

「非……非常抱歉！我沒有看清選項就按下按鈕……！」

琴里不悅地皺起眉頭。

「中津川，你知道你在做什麼嗎？你的選項很有可能會置士道於險地之中喔。」

「非……非常抱歉！我已經做好接受任何懲罰的覺悟了！但……但是……」

「但是什麼！」

琴里如此說道。然後，中津川往主螢幕的方向瞄了一眼接著繼續說道：

「這名精靈……〈歌姬〉的聲音，我似乎在哪個地方聽過……」

「……你說什麼？這句話是什麼意思！」

就在琴里驚訝皺眉的那一瞬間，擴音器傳來士道的聲音。

「喂、喂……！還沒決定選項嗎？」

「啊啊，抱歉、抱歉，是②喲。誇獎她的歌聲吧。」

琴里說完後，畫面中的士道點完頭，踏上階梯，走向舞台。

琴里吐出一口氣來轉換情緒，然後重新坐到艦長席上。

「——算了，就這樣吧。總之現在最要緊的是攻略精靈。晚一點再來聽中津川的說法。」

「遵……遵命！」

中津川恭敬地敬禮之後，轉身面向控制台。

與此同時，背後傳來虛弱無力的聲音。聲音的主人是仍然被滿身肌肉的男人們固定住雙臂的

神無月。

「呼……解開誤會了，我得救了。」

「抱歉呀，因為你平常素行不良才會讓我誤解。」

「不，人非聖賢，孰能無過。重要的是事後必須認真反省。對了，總之這次就先用司令剛脫下來的襪子來打手心吧。」

琴里彈了一個響指之後，男人們便維持架住神無月雙臂的姿勢，將他拖出艦橋。

「司令！我……我知道了！用鞋墊！用鞋墊就好了！」

伴隨電子音的響起，門自動關閉。接下來就聽不見他的聲音了。

「……你們那邊好吵啊，發生什麼事了嗎？」

「沒什麼。士道只要專心注意眼前的精靈就好。」

琴里以若無其事的語氣如此說道……但是總覺得聽到了神無月的哀號聲……哎呀，不管了。

額頭已經冒出汗水的士道搔了搔臉頰。

現在的狀況並不容許自己分心去在意那種事情。士道做了一個深呼吸之後，跑上樓梯跳到舞台上。

被大量聚光燈照射的舞台上，如同白晝般耀眼，而且充滿了熱氣。但是，不能在此時閉上眼睛。士道用力睜大眼睛，凝視站在舞台上的少女背影。

少女似乎也察覺到從背後傳來的響聲，於是慢慢轉過身來。

「啊啊，你還特地走上舞台呀。晚安，我是——」

此時，臉上浮現開朗笑容轉過身來的精靈，在看見士道身影的同時，突然停止說話，身體也僵直在原地。

「咦……？」

「士道，你在幹什麼呀？」

雖然在第一時間感到驚慌失措，但總不能讓沉默狀態繼續蔓延下去。於是士道咳了一聲之後開口說道：

「嗨，晚安。我不是有意偷聽的，但是妳的歌聲實在太好聽了——」

然而，士道的話還沒說完……

「嗶——！嗶——！」耳麥的另一頭突然響起尖銳的警報聲。

「這……這是……好感度、心情指數、精神狀態——所有數值都在急速下降中啊！這到底是怎麼回事……！士道，你應該沒有裸露著下半身吧！」

「什……才沒有呢！」

士道嘴巴這麼說，視線還是移往下方。原本還以為會不會是衣服被鉤破讓胯下不小心裸露出

來，但並沒有發生這種事。既然如此，那麼原因到底是……？

「沒辦法了，試試其他選項吧。選①吧！試著誇獎她的容貌！」

「我……我說妳啊，長得真漂亮呀！真是令人吃驚！」

嗶——！嗶——！

「好感度降得更低了！」

「已經進入對士道感到厭惡的領域了！」

「你……你說什麼！」

緊接在通報緊急狀況警鈴聲之後，又聽見了船員與琴里的驚慌聲。

「那……那麼就使出最後手段吧！選③『從下往上眺望的景色真是太棒了！』」

「從下……」

嗶——！嗶咿咿咿咿咿！

「從……從沒看過這麼低的數值！」

「這樣的好感度數值比蟑螂還不如呀！」

「明明連話都還沒說完！」

挾帶哀號聲的船員們的聲音幾乎使人發疼地重重敲擊在右耳鼓膜上。

就在此時，原本凍結在原地的少女開始產生變化。

她「嘰嘰……」猶如生鏽機械般轉過頭，「嘶……」挺起胸膛開始大口吸氣。

「那……那個……」

雖然士道試著向她搭話，但是少女依舊沒有任何反應。右耳依舊持續不斷地聽見音色尖銳的警報聲。

接下來，少女完成吸氣的動作，瞪了士道一眼。下一瞬間——

「哇！」

少女發出驚人的喊叫聲。

「嗚啊！」

與此同時，士道的胸部、腹部、手腳、臉部等部位全都被衝擊波襲擊。一股可以用「音壁」來形容的隱形壓力打在他身上。士道像是要咳出血似地大口呼氣，同時身體也輕而易舉地被吹飛出去。

「士道！」

「……！」

受到琴里聲音的刺激，士道在從舞台墜落的前一刻下意識地伸出手抓住舞台邊緣。全身被音壓震動到幾乎麻痺，還是拚命忍了下來——雖然只有上半身而已，總算是成功地留在舞台上。

「哇……哇啊啊……！」

往下方瞄了一眼，發現舞台被搭建在很高的位置上。如果從這種地方摔下去，一定會受到粉碎性骨折的重傷。即使有琴里能力的保護，可是依舊會感到疼痛啊！

為了回到舞台上，士道努力擺動雙腳。

不過就在此時，〈歌姬〉踏著緩慢步伐，走向正在垂死掙扎的士道。

接下來，當她走到士道眼前時，臉上浮現一個宛如女神般的溫柔微笑。

不過……

「咦，為什麼要抓住這裡不放呢？為什麼沒有摔下去呢？為什麼沒有死掉呢？請你以最快速度從這個舞台、這個世界、這個時空消失不見吧～」

「呃……？」

她的表情與說話內容所造成的反差，讓士道不自覺地瞪大眼睛。

「呃……欸……妳剛剛說什麼？」

「為什麼要跟我說話呢？請你閉嘴吧，感覺好噁心呀～請你不要發出聲音啦～請你不要亂噴口水。請你不要呼吸。難道你不明白只要你存在於此，就會對四周空氣造成汙染嗎？你真的不知道嗎？」

「…………」

如果眼前景象是無聲電影的話，那該有多好呀！即使處於這麼危險的狀況之中，士道的腦海裡卻還是浮現如此愚蠢的想法。對方就是這樣一名散發出強烈異樣感的少女。

「那個，妳……妳是……」

「你都沒在聽人說話嗎？能不能請你儘早消失不見呢？你的存在讓我感到不悅。你知道為什麼我不去踩你的手，讓你從舞台上掉下去嗎？那是因為就算是用鞋底，我也不想碰觸到你～」

溫柔的表情、悅耳的聲音、如歌般的語調，只是說話內容卻猶如狼牙棒一般。

然後——就在這個時候……

「……！」

小巨蛋的天花板在瞬間塌陷，伴隨著驚人炸裂聲與衝擊波產生了爆炸。設置在天花板上的巨大照明設備開始崩落瓦解。

「嗚……嗚哇……！」

「哎呀？」

周圍傳來輕微震動。士道抓緊舞台避免自己被搖晃下去。

「怎……怎麼回事……」

往上一看。那個地方，原本被稱為天花板的東西已經不復存在。取而代之的是點綴有月光與雲朵的夜空，正探出它的臉來。

不——不僅如此。還能看見融合在夜色中，身穿機械盔甲的數名人類的身影。

「AST……！」

士道顫抖著聲音大叫出聲。看來時間已經到了。

AST隊員們輕盈地在空中飛舞，接著飛進小巨蛋。雖然聽說過CR-Unit基本上不適合在室內戰鬥，但是這個場地相當寬敞，應該不會有問題吧。過沒多久，好幾名巫師手持武器展開陣型，將〈歌姬〉與士道所在的舞台團團包圍。

不過，士道卻察覺到一絲不對勁。她們確實是AST沒錯。但是，不知為何，卻有好幾名沒見過的歐美人混在隊伍之中。

「士道！沒辦法了，先暫時撤退吧！」

「好……好的……」

士道對透過耳麥傳來的琴里聲音點點頭——接著再次因為感受到不對勁而皺起眉頭。因為從剛剛到現在持續作響的通報緊急狀態警鈴，突然間停止了。

「咦……？」

感到疑惑的士道，往〈歌姬〉的方向看過去。

「哎呀、哎呀！」

態度變得與之前截然不同，〈歌姬〉此時正做出十指交握的姿勢，雙眼閃閃發光。

「真好呀～真棒呀～沒錯，所謂的聽眾就是要像這樣才對！啊啊，沒錯～尤其是——」

然後，殘留下耳鳴般的聲音，〈歌姬〉的身影突然當場消失不見。

下一瞬間，〈歌姬〉無聲無息地出現在ＡＳＴ隊員的其中一人——折紙的背後。

她把手親暱地搭在折紙肩上，就像親密戀人一般在耳邊細語呢喃：

「啊啊……很好、真好呀～喂，妳想不想聽我唱歌呢？」

「……！」

肩膀顫抖了一下之後，折紙立即揮舞光劍。

「啊啊，別這樣～」

〈歌姬〉在避開折紙攻擊的同時，發出嬌滴滴的聲音。

這種反應似乎讓折紙變得更加不悅。不斷揮舞光劍砍向〈歌姬〉展開追擊。但是在碰觸到〈歌姬〉之前，這些攻擊就全部被像是隱形牆壁一般的東西阻擋了下來。

「這樣下去沒完沒了。退後——」

然後，隔著舞台，飄浮在對面位置的紅髮女子似乎正開口說話，不過她卻在看見士道之後突然閉上嘴巴。

「他是……」

接下來，做出透過通訊機與同伴交談的舉動之後，她不知為何對精靈視而不見，驅動飛行器朝著士道的方向飛過來。

「咦——？」

士道發出錯愕的聲音。一瞬間還以為對方是打算保護被捲入戰場的一般市民，但是事情並非如此。紅髮女子從腰間抽出大型電擊棒，朝著士道飛過來。簡直就像是打算將士道電暈之後抓起來似的——

「…………！」

就在紅髮女子逼近到士道眼前之際，折紙出現在士道前方。

看來折紙似乎察覺到了異狀，放下〈歌姬〉不管，迅速地飛來這裡。折紙的光劍與女子的武器撞擊在一起，散發出激烈火花。

「哎呀？妳想幹什麼？」

「那是我要問的。他不是精靈，妳究竟想對他做什麼？」

「妳沒有權利知道詳情。這是長官的命令。快點退下。」

「……我無法接受。請妳做出合理的說明。」

「真是不明事理呀。」

女子再次舉起武器；折紙也揮舞光劍應戰。

與先前無法比擬的強烈衝擊波往四周蔓延。

「嗚……嗚啊……！」

下一瞬間，士道的視野轉暗——

等注意到的時候，士道已經回到燈光昏暗的艦艇內部了。

在士道不知不覺消失身影之後，大約過了一個小時。

結果如同往常一樣，沒有打倒精靈也沒有抓到精靈，最後還是讓她逃跑了。於是ＡＳＴ一行人也飛回了駐屯基地。

「…………」

但是……不知為何，折紙一直感受到一股奇妙的不協調感。

一般來說，精靈逃走也意味著精靈返回鄰界。不過只有今天，現場沒有任何一個人親眼目睹精靈〈歌姬〉的身體消失在天空中的瞬間。

她只是發出驚人的吶喊聲，然後趁大家在瞬間感到膽怯的空隙逃得無影無蹤。由於周圍沒有偵測到靈波反應，所以推斷精靈已經消失……但是折紙總覺得她是故意讓我方出現破綻，這樣她才能隨心所欲地隱藏自己的行蹤。

但是……折紙輕輕搖頭，然後露出銳利眼神。

現在有件比那個更加重要的事情。

等待解除隨意領域後所引起的倦怠感漸漸消退，折紙緩緩邁開步伐，走到正在與部下談論事情的潔西卡面前。

「妳到底有何企圖？」

潔西卡挑起一邊的眉毛看向折紙。

「這句話是什麼意思？」

「不要再裝傻了。那個時候，妳為什麼要攻擊士道？」

「哎呀，你們認識呀？」

「快點回答。」

面對折紙的質問，潔西卡誇張地聳了聳肩。

「我只是因為看到普通人被捲進戰場，所以打算保護他而已呀。有什麼問題嗎？」

「…………」

折紙以像是要射穿對方的銳利視線瞪視潔西卡。顯而易見的，那是個謊言。折紙不可能會看錯潔西卡當時的舉動。

事實上，潔西卡應該從一開始就知道折紙不會相信自己的這番說詞。不過，她明白只要自己這麼說，折紙就無法再繼續追問下去。因為事實上，現在根本沒有任何證據可以證明潔西卡在當時打算攻擊士道。

「話都說完了，趕快消失吧。我們可是很忙的。」

潔西卡以嗤之以鼻的態度如此說道。不過折紙仍然繼續說道：

「跟妳們負責的特殊任務有關係嗎？」

「…………」

聽見折紙的話，潔西卡與她部下，表情產生細微的變化。

接下來，潔西卡煩悶地嘖了一聲，用力抓住折紙的瀏海。

「嗚……」

「——妳這死丫頭。妳要是想亂耍小聰明，可是會活不久的喔！」

說完這句話之後，潔西卡將折紙撞到一旁。疲憊感尚未完全消散的折紙就這樣當場跌坐在地。潔西卡的部下們則是不斷竊笑。

「妳們在幹什麼！」

燎子似乎注意到這邊的爭吵，急忙趕過來。

潔西卡別過臉佯裝不知情的樣子，與部下一起離開。

「喂，妳沒事吧，折紙？」

「……我沒事。」

折紙握住燎子伸過來的手站起身，憤恨地瞪著逐漸變小的潔西卡的背影。

◇

「明明是星期六……為什麼要……」

雙手被十香與折紙緊緊抓住，士道像是被強行押解般地往前行走，同時充滿睏意地打了一個哈欠。

九月九日，與精靈〈歌姬〉相遇後的隔一天。

在那之後，在〈佛拉克西納斯〉舉行了一場會議，探討這名難以理解的精靈，好感度為何莫名下降。反正明天不用上課，士道也被要求出席那場一直開到深夜的會議……

士道揉了揉不斷眨眼的眼睛，再次打了一個哈欠。

沒錯。今天早上亞衣突然打電話來通知士道：「今天有一場天央祭的各校聯合會議，所以就拜～託～你～了！」

「喂，妳這傢伙和士道靠得太近了，稍微離開一點！」

「該離開的人是妳。士道也說過妳的體臭令人難以忍受。」

「妳……妳說什麼！」

十香的聲音從右邊、折紙的聲音則從左邊傳過來，讓因為睡眠不足而顯得無精打采的士道的腦袋隱隱作痛。

「十香……折紙，妳們安靜一點……吵得我頭好痛。」

「嗯，安靜一點吧，鳶一折紙。士道在嫌妳吵呢。」

「是妳的呼吸聲跟心跳聲太刺耳了。應該馬上停下來才對。」

「不，所以我說……」

士道用力嘆了一口氣。

順帶一提，現在前往目的地——聯合會議會場的，只有士道、十香、折紙三個人而已，但是同樣身為執行委員的亞衣、麻衣、美衣卻沒有一起過來。據說她們三人預定在天央祭第一天的舞台部門中表演樂團演湊，今天得去參加彩排因此不能出席會議。

「別擔心、別擔心，我已經找好代理人了～」被如此告知的士道在抵達約定地點之後，便看見了像是爭奪地盤的貓咪般互相瞪視的十香與折紙。

然後，當士道一邊在腦中發牢騷一邊穿過高聳石牆之際，聯合會議的會場映入眼簾。

鐵製的裝飾柵欄，從紅磚砌成的莊嚴校門左右兩邊延伸出去，空隙之間可以看見蒼翠茂盛的樹籬。

大門之後，同樣用紅磚鋪成的道路筆直地往前延伸，在盡頭則是能看見猶如城堡般壯觀的校舍。或許是在準備社團活動或天央祭的緣故，即使今天是假日，也能看見零星的學生身影。

私立龍膽寺女子學院——有許多名門子女就讀於此，是天宮市數一數二的名校。

此時，原本不斷從左右兩方傳來的爭吵聲突然停止。定眼一看，發現十香正仰望著校舍。

「哦哦……好壯觀吶，士道。這也是學校嗎？」

「是啊，好像是這樣沒錯。哎，總之先進去吧。」

「嗯！」

「…………」

十香精神奕奕地如此回答，而折紙則是沉默不語地點頭。

士道一行人在警衛面前出示學生證接著走進校園。搭乘訪客專用的電梯進入校舍，在事務處領取入校許可證之後，通過走廊前往目的地的會場。

「這裡就是第二會議室啊。」

說完後，士道伸手打開門。房間裡已經有許多名穿著各式各樣衣服的學生聚集在此。或許是距離會議開始還有段時間吧，即使長桌並排成四方形，寫有高中學校名稱的名牌也已經立起，但仍有許多學生尚未就座，與其他人說說笑笑。

話雖如此，昨天才剛接任執行委員的士道根本找不到熟面孔。於是士道迅速找到自己的位置，在椅子上坐了下來。

隔沒多久，「咚咚！」有人敲了敲會議室的門。

「嗯？」

士道正覺得納悶時，發現房間裡的各校學生們一齊抬起頭來。

「到底是怎……怎麼了？」

看見大家的反應，士道不自覺地挺直身體。門外的人究竟是誰？

不過，從門另一側所傳來的，是聽起來有點沒精神的溫柔聲音。

「打擾了。」

在聽到這句話之後，門慢慢被打開了。

默默進入房間裡的，是穿著深藏青色水手服的一群少女。

接下來，少女們就像是迎接大名隊伍的庶民般，低著頭排成左右兩排。

就在士道發愣之際，一名學生如同女皇一般從兩排少女的正中央悠然走出。

那是一名將長髮寬鬆束起的少女。在光線照映之下散發出藍紫色光輝的淡色頭髮。閃耀銀色光芒的眼瞳。雖然身上穿著與身邊少女們一樣款式的水手服，但是本身所散發出來的壓倒性存在感，將她的輪廓勾勒得更加清晰。

「什……」

「…………！」

看見她的身影之後，士道與折紙不自覺地屏住呼吸。

她的確是一名美少女。如果在路上與這樣的美人擦肩而過，應該會忍不住回頭多看幾眼吧。

但是，不是的。這並不是讓兩人感到訝異的原因。

「——大家好～歡迎各位大駕光臨～」

少女以悠然自得的語氣說完這句話之後，低頭鞠躬。

聽到這個聲音，士道更加確信。

眼前這名少女是……

「我是龍膽寺女子學院天央祭執行委員長——誘宵美九～」

昨天與士道相遇的精靈——〈歌姬〉。

◇

「好～要開始了喲～大家跟著我一起唱～」

〈佛拉克西納斯〉艦橋的擴音器傳來說話慢吞吞的聲音，與此同時，響起了輕快伴奏與高亢的歡呼聲。

現在，艦橋正面的主螢幕上正播放著一名穿著裝飾有荷葉邊服裝並且在舞台上唱歌跳舞的少女身影，以及在她前方蔓延開來的一大片紫色螢光棒海。

影像的畫質粗糙，怎麼看都不像是官方販售的演唱會ＤＶＤ。不過這也難怪，因為這似乎是中津川透過各種管道，好不容易才拿到的偷拍影像。

「…………」

站在艦長席隔壁的士道，愣愣地凝視著影像。

正確來說，是凝視著在畫面中央快樂地翩翩起舞，並且唱出悅耳歌聲的少女身影。

毫無疑問地，她就是今天才見過面的那名龍膽寺女學生——也是昨天遇到的精靈〈歌姬〉。

「誘宵美九……呀。沒想到她居然是精靈。」

士道身邊——坐在艦長席眺望影像的琴里，喃喃自語地說道。

「妳知道誘宵美九？」

「嗯，有聽過她的名字。還有聽過幾首她唱的廣告歌曲和連續劇主題曲。」

「是……是喔……」

士道搔了搔臉頰。看來殿町說的話並非完全錯誤。

不過琴里完全沒察覺到士道的反應，只是將視線落在放置在手邊的個人檔案，然後苦惱地皺起眉頭。

「……約半年前出道。以被譽為『聲音麻藥』的美聲與壓倒性的歌唱實力，連續發表了許多首令人驚豔的超人氣歌曲……是一名從來不出現在電視或雜誌上的神祕偶像……這樣也能算是偶

像嗎？」

讀到這裡，琴里將手擱在額頭上嘆了一口氣。

「偶像精靈……而且至少在半年以前就已經融入這個世界生活了嗎？還一邊從事這種活動？哈，跟她一比，狂三根本不算什麼呢。」

在琴里說出狂三名字的時候，士道的臉頰抽搐了一下。那是以前曾經以人類身分轉學到士道班上的精靈。

不過，現在則是多了一個當時所沒有的選項。

「吶，她會不會是像琴里一樣，是一名被〈幻影〉賜予靈力的人類呢？」

「……唔。」

聽見士道的話，琴里的眉毛抽動了一下。

「確實有這個可能性。如果真的是這樣，那麼她能停留在這個世界就一點都不奇怪了——但是如此一來，就不能解釋為何昨天會發生空間震了。」

「啊……」

聽琴里這麼一說，士道不禁睜大眼睛。

所謂的空間震，是精靈從鄰界出現在這個世界時所產生的餘波。雖然也有像狂三那樣，能依據自己的意志發動空間震的精靈存在……但是一直在這個世界生活的美九，應該沒有理由這麼做才對。

士道一邊搔著後腦杓一邊低聲嘟囔。

雖然本身對自己的意見也沒有十足的把握，但這個意見被否定也代表著一切又要重頭開始。

何況……最大的問題並不在這裡。

「結果，也還是不明白為什麼她的好感度會急速下降……」

沒錯。昨天熬夜開會也只是白費功夫，最後還是沒有找出箇中原因。

不過，對於士道的擔憂，琴里則是輕輕搖了搖頭。

「事實上，關於那件事，雖然還無法完全肯定，但是已經擬定出了一個假設。」

「咦？是嗎？」

「沒錯。昨天在觀看監控畫面的時候，我就一直在意一件事。今天在得知〈歌姬〉等於誘宵美九這份情報之後，這份懷疑便轉變為堅信了。」

「原……原因到底是什麼？」

士道緊張地提出疑問，琴里便攤開手擺出一個要士道冷靜下來的手勢。

「我會依序說明——令音。」

「……好的，請看這個。」

坐在琴里左方的令音才剛回答完，在主螢幕所播放的美九演唱會影像上，又出現了一個類似

圖表的東西。「啊啊！」原本配合曲子輕輕擺動身體的中津川突然發出哀號聲，但是被琴里瞪了一眼後立刻安靜下來。

對這個狀況投以苦笑之後，士道看向那個圖表。

「這是？」

「……哦，這是表示昨天美九的精神狀態的圖表。到正中間位置為止，是與你進行交談時的數值。」

士道看向令音所說的位置……如同雲霄飛車般急速墜落的曲線。最後甚至跌到刻度以下。

「……比預想中還要慘，我真的是被徹底討厭了吶。」

「……哎，總之現在先不要討論這個。接著看下去吧。」

士道根據令音的指示往圖表的後半段看過去，原本一度跌到谷底的心情指數，突然開始急速上升。

「這是……」

「……剛好是ＡＳＴ現身的時候。」

「這個抵達最高數值的時段是……？」

「……〈歌姬〉觸摸到鳶一折紙的那一瞬間吶。」

「呃……意思是……」

就在士道百思不得其解之際，琴里將糖果從嘴巴取出來，倏地指向艦橋下方。

「中津川。」

被叫到名字的中津川馬上立正站好。

「是！如同彗星般閃亮登場的革命性偶像——誘宵美九九，從不公開展現自己的真實面貌。她所參與的演藝活動，也只有定期發行ＣＤ，以及舉辦少數粉絲才能出席的祕密演唱會……雖然她現在是全日本首屈一指的名人，但是看過她廬山真面目的人可以說是少之又少。甚至於——讓人不禁懷疑是否真有其人。」

「哇……做得真徹底吶。」

「這已經不是徹底不徹底的問題了。在這個資訊化的時代中，居然找不到一張她的大頭照喔！這已經超出正常範圍了。你知不知道光是取得這段演唱會影像，需要花費多大的功夫啊！」

中津川激動地如此說道。士道一臉為難地搔了搔臉頰。

「不過，她是偶像吧？為什麼非要避人耳目不可……」

「我有搜尋到一個網路傳言……那就是美九九非常討厭男生，甚至到達連握手都無法忍受的地步。剛剛提到的那個祕密演唱會，據說只有女性粉絲才能參加。」

「只有女性粉絲……？」

在士道提出疑問之後，中津川激動到連呼吸都變得急促起來，同時繼續說道：

「沒錯。而且根據傳言，有時候她還會在演唱會結束之後，將看上眼的女粉絲帶回家喔！」

「意……意思是……」

「沒錯，也就是說……」

琴里將加倍佳放回嘴裡，接著豎起手指。

「誘宵美九——很有可能喜歡女生，也就是所謂的『百合族』。」

「……什——！」

士道懷抱著絕望的心境從喉嚨硬擠出聲音來。

不，士道並不打算批評別人的性向。士道已經是高中二年級學生。不會反射性地做出排斥與自己不同的東西這種幼稚的舉動，也了解這個世界上存在著不同形式的愛。

不過，如果精靈只喜歡女生的話，那就糟糕了。非常糟糕啊！

理由很簡單。士道與〈拉塔托斯克〉都是藉由「封印精靈的力量，讓精靈處於安全狀態」這個方法，來防止空間震的發生並且保護精靈。

這個做法需要用到士道的力量——透過接吻將靈力封印於對方自身體內的能力。

而且，如果只是單純讓嘴唇互相碰觸的話，是不具有任何意義的。所以至少要將好感度提升到精靈不會抗拒與自己接吻的程度才行。

「這……這樣一來，我們不就無計可施了……！」

士道以絕望的心情如此哀號。雖然至今為止，士道也遇過幾名難以攻略的精靈，但是出現這種生理上的隔閡，真的會讓人感到束手無策啊。

不過，看見士道的反應之後，琴里驚訝地瞪大眼睛。

「你在說什麼呀？你是天央祭的執行委員吧？也就是說，直到天央祭開始的這段期間，你有很多機會可以與美九說話呀。」

「就算妳這麼說，但是美九對男生沒有興趣啊。」

「與其說是沒興趣，『感到厭惡』這個說法似乎比較正確喔。」

「那不就更沒希望了嗎！」

士道大叫出聲；琴里無奈地聳了聳肩。

「你以為我是在毫無計畫的情況下說出這些話的嗎？我們已經想好對策了。」

「對策……？」

聽見士道的疑問，琴里點了點頭，彈了一個響指。於是，神無月便不知從哪裡突然現身……而且不知為什麼，全身還濕淋淋的。

「神無月先生……？你怎麼全身濕淋淋的？而且還有一股腥味。」

「哈哈哈，我剛剛稍微去游了一會兒泳。」

神無月以滿不在乎的態度微笑道。於是士道一邊搔著臉頰一邊談論原本的話題。

「那麼，所謂的對策是……」

「就是這個。」

回答的人是神無月。將原本放在身後的手迅速地伸到士道眼前。

「…………」

看見他握在手中的東西之後，士道瞬間僵直在原地。

神無月手裡拿著的，是士道就讀的來禪高中制服。

——只不過，是女生的款式。

一瞬間，士道在腦海浮現「喂喂，神無月最後還是墮落了嗎……」這個念頭，但是立刻察覺到不對勁。因為這件制服是全新的——而且尺寸很大。

沒錯。如果是由「和士道差不多身高的女生」來穿的話，應該會很合身。

「……那個……」

心中浮現一股不祥的預感，士道往後退了一步。但是就在此時，背部卻碰到了某種東西。

下一瞬間，士道的雙手被人用力地箝制住。回頭一看，發現身後的人是〈迅速進入倦怠期〉川越，以及〈社長〉幹本。

「等……！你……你們想幹什麼……？放……放開我！」

士道滿頭大汗如此說完後，這次換成前方——將各式各樣化妝品當成投擲武器般夾在雙手手指的〈詛咒娃娃〉椎崎，及手中拿著各種假髮的〈保護觀察處分〉箕輪，從神無月的兩旁現身。

「這……這是什麼啊！」

士道忍不住大叫出聲。但是神無月完全不理會他的慘叫，帶領另外兩人逐步逼近。

「沒關係，不要害怕。剛開始時可能會覺得底下有點涼涼的，不過啊，你很快就會樂在其中了。我這個前輩所說的話是不會有錯的。」

說完後，「嘻！」神無月揚起嘴角。

「琴……琴里……？」

士道像是一名乞求饒命的戰敗殘兵，對琴里投以求助的眼神。

於是，琴里莞爾一笑，臉上浮現可愛笑容……

「Good luck——『姊姊』。」

毫不猶豫地對士道宣判死刑，同時豎起大拇指。

經過三個小時。

「……這……這是誰啊！」

看著鏡子，士道不自覺地大叫出聲。

這也難怪。因為現在在鏡子裡看著自己的，是一名從未見過的「少女」。

頭髮長及背部，上頭還夾著可愛髮飾。臉上塗了一層薄薄的粉底，被睫毛膏與睫毛夾裝飾得大一圈的眼睛，與塗上櫻花色唇膏的嘴唇相互輝映，讓人完全看不出來眼前的人是一名男性。

順帶一提，士道的胸前塞了填充物，還穿上了胸罩。手腳連細毛也被清除得乾乾淨淨，肌膚光滑無瑕。

以女孩子來說，士道的身高確實稍微高了一些。不過士道的長相原本就比較女性化，如果不說破他是男兒身的話，一般人根本看不出來。不，就算真的說出來，可能還會有些人以為是玩笑話而一笑置之呢。

至少，應該很少人能一眼看穿士道的性別。

「咻～意外地適合呢！」

琴里瞪大眼睛同時如此說道。士道則是以怨恨的眼神回看琴里。

「……妳這傢伙，給我記住了！」

「女孩子家怎麼可以這樣說話呢？對了對了，最後還要貼上這個才能修飾得更完美。」

「啊？」

士道皺著眉，從琴里手中接過看似ＯＫ繃的東西。

「將那個貼在喉嚨上試試看。」

「嗯……？像這樣嗎？」

士道依照琴里的指示將手中的東西緊緊黏在喉嚨上。然後……

「這有什麼作用……咦？我……我的聲音怎麼會變成這樣！」

腦中一片混亂的士道不自覺伸手按住喉嚨。

因為當貼紙貼上去的那一瞬間，士道的聲音便立即轉變成可愛的女生聲音。

「怎麼樣？這是利用〈拉塔托斯克〉最先進技術所做出來的超高性能變聲器。只要改變數值，也能輕鬆做到名偵探聲音模仿這種小事喲。」

「不，那個用途有什麼用啊。」

「哎，總之試用效果相當好呀。如此一來，就不會有什麼人懷疑士道是男生了。」

就在琴里自鳴得意之際，並排站在琴里身邊的其他船員們也開始點起頭來。

「哎呀，我做得真不錯呢。很可愛喔，士道。」

「可惡，為什麼他明明是男孩子，彩妝的服貼度卻那麼好呢？難道這就是青春……」

「哈！哈！哈！真想把你迎娶進門當我家的媳婦啊！」

「吶、吶，我開價五萬圓，你覺得怎麼樣？」

「真是令人驚豔啊，士道。下次介紹幾家好店給你吧。什麼，不用擔心啦。那裡的店員都是同伴喔！」

「砰、砰！」用力打向幹本與神無月的腦袋，琴里看了一眼主螢幕畫面上的誘宵美九。

「好，接下來就要看美九喜不喜歡這位士道了……士道，下一次與她見面是什麼時候？」

「咦？這……這個嘛……」

士道彎曲手指數著日子。

「我記得從下個禮拜一起，放學後都要進行準備會場的工作，那個時候應該可以……」

「是嘛。嗯……時間相當緊迫，不過那也沒辦法。」

琴里倏地轉過身，朝士道與船員舉起手。

「明天一整天，士道必須接受『獨自一人也能變身為女孩子』的訓練！椎崎、箕輪負責教他化妝技巧。也得讓他學會說話方式與女孩子的行為舉止！禮拜一放學後，就要正式進行攻略！」

然後，如此高聲宣布道。

士道重重嘆了一口氣之後，輕聲回答：「是。」

◇

已經聽過無數次的放學鈴聲，震動著士道的鼓膜。

對於士道而言，平常代表上課結束並且獲得解放的這個信號，如今聽來卻像是與空間震警報同等級的警戒音。

因為今天正是九月十一日，禮拜一。

從現在開始，普通學生們將在各自的學校裡開始準備天央祭——而執行委員則必須前往作為會場的天宮廣場確認區域劃分才行。

「——好，時間到了，趕快去準備吧。」

戴在右耳的耳麥，傳來琴里的聲音。

「……好的。」

士道慢慢從椅子上站起身來，朝置物櫃的方向走過去。

「嗯？士道，你要去哪裡？你不是要去勘查天央祭的會場嗎？」

此時，對士道的舉動感到疑惑的十香如此說道。

「啊啊……我有點事。妳先去準備吧。」

「姆？嗯……好……」

雖然十香依舊感到疑惑，不過還是點了點頭目送士道離開。

折紙也同樣目不轉睛地凝視著士道。但是士道佯裝不知情的樣子走出教室，從置物櫃取出一大包行李，接著走向校舍深處。

「這裡……應該就可以吧？」

接下來，踏進位於校舍最裡面的男廁裡，進入隔間廁所上鎖後，打開揹在肩膀上的包包。

裡面放著摺疊得整整齊齊的女生制服……要是被人看見這副景象，那麼我的人生也將徹底結束了吧？腦海中浮現這個念頭的同時，士道取出制服，急急忙忙地開始換衣服。順帶一提，為了稍微遮掩身體線條，士道的上半身還穿了一件針織外套。雖然多多少少會覺得有點熱，但是為了顧全大局也只能這麼做了。

接下來，取出鏡子，施展昨天花費一整天所學到的化妝技巧為臉部上妝。最後戴上假髮與變聲器，完成變身。

「好……這樣就行了吧。」

「士道，注意你的說話方式。」

「……這樣應該就沒問題了吧。」

被琴里糾正後，士道以女孩子的口氣重說一遍……總覺得好想死啊。

但是，不能這樣消沉下去。要是對自己沒信心的話，那麼原本可以做到的事情也會變成做不到了。

士道將剛剛穿在身上的衣服收進包包裡，然後揹著包包打開隔間廁所的門。

就在此時，士道在小便斗那裡看見一個人影。是殿町。

「嗨，殿町。」

士道與往常一樣用輕鬆語氣向殿町打招呼，同時從他的背後走過去。

「嗨……咦？嗯嗯？」

不過，在看見殿町的反應之後，「啊！」士道輕輕叫了一聲。

「妳……妳是……誰？為什麼會在男生廁所裡……」

殿町呆呆地說完這句話後，立刻漲紅了臉轉過身背對士道。

「啊，沒……沒有啦……喲呵呵呵呵！」

士道以笑聲敷衍過去，以最快速度衝出廁所。

「那傢伙為什麼偏偏選在今天到這種偏僻的地方上廁所啊……！」

確認殿町沒有追上來後，士道立刻放慢腳步…因為跑步時裙子會隨風飄動，感覺很不舒服。

「……女孩子們居然可以只在腰間圍上一圈空蕩蕩的布料就在外面行走……這個只要稍微走路動作大一點，內褲就會被人看光光了吧……」

順帶一提，現在士道的裙子裡還穿著一件短褲……至於短褲裡頭……哎，這就無可奉告了。

「這是個好機會，這樣你才能體會女孩子的辛苦。以後對你也有好處。」

「……知道了、知道了。」

士道以敷衍的口氣回答之後，就這樣直接往樓梯口的方向走過去。

亞衣、麻衣、美衣三人已經聚集在那裡，天南地北地聊著天。

士道嚥下一口口水，把手按在胸膛上，努力克制緊張的情緒……感受到一股軟綿綿的奇妙觸感。這麼說來，此時士道正穿著由〈拉塔托斯克〉精心製作的超高精密度胸墊。過於逼真的觸感，讓士道的臉微微泛紅。

「真是的……接下來的發展真是令人擔憂呀。總而言之，先按照計畫進行吧。」

「哦，好！」

士道搖了搖頭重新打起精神，往三人組所在的位置轉過身。

做了一個深呼吸之後，向她們的背影出聲搭話。

「請……請問……」

「嗯？」

「咦？」

「哦？」

三人各自發出不同的聲音，回過頭來目不轉睛地盯著士道看。果然還是瞞不住吧？如果被發現的話，應該會傳出「五河士道有女裝癖」這種流言吧？像這樣消極的念頭不斷地在士道腦海裡打轉。

士道懷抱著緊張的心情等待對方的回應。接下來，三人一臉疑惑地歪著頭：

「怎麼了？有什麼事嗎？」

「妳好高喔！好像模特兒一樣！」

「穿針織外套不會熱嗎？難道妳是怕冷體質？」

看來她們沒有發現眼前的人就是士道。士道暫時鬆了一口氣。

「那個……妳們是擔任天央祭執行委員的山吹同學、葉櫻同學跟藤袴同學吧？」

「什麼？妳是從哪裡得知這個情報的！」

「難道是敵國派來的間諜！」

「妳的目的是什麼！」

三人擺出奇怪的姿勢同時如此說道。話雖如此，看起來又不像是真正在防範自己的樣子。士道無力地笑了笑，同時繼續說道：

「那個，五河士道要我轉告妳們，關於今天執行委員的工作，希望能讓他請假一天……」

「妳說什麼！」

「那個傢伙居然臨陣脫逃！」

「快點拿火來！魔女出現了！」

明天似乎會被處以火刑啊，總之先當作沒聽見吧。

「那……那個……所以他要求我——不對，是要求人家代替他去。如果可以的話，可以帶人家一起去嗎？」

「咦？」

亞衣驚訝地瞪大眼睛。

「嗯……我們是無所謂啦……應該說妳反而幫了我們一個大忙呢……」

「話說回來，請問妳是誰呀？妳跟五河是什麼關係……？」

「這麼說來，妳剛剛還直呼他的名字吶。討厭，難道十香出現情敵了？」

三人突然變得有些緊張，接著開始竊竊私語。士道慌慌張張地打斷她們的對談。

「不……不是的，我跟他不是妳們想像中的那樣……對了，我們是堂兄妹！堂兄妹！」

「堂兄妹……喂，妳是哪一班的？叫什麼名字？」

「咦？」

突然被問到這個問題的士道，視線開始飄移不定。

「我的班級是……一班。名字是那個……五河……士美……不對，是……士織。」

士道立刻報上隨口掰的假名。接下來，三人挽著手圍成一圈偷偷進行會議。

經過數秒之後，三人迅速散開陣形，親密地拍拍士道的肩膀。

「雖然還有諸多疑點，不過就先這樣吧。」

「請多多指教吶，士織。」

「要請妳多多幫忙囉！」

「好……好的……！」

似乎安全突破第一道關卡了。士道不禁鬆了一口氣。

就在此時，背後突然傳來一陣吵雜聲。

「肯定是妳幹的吧！快說，妳到底把士道藏到哪裡了！」

「那是我要問的吧！妳要是敢隱瞞的話，我一定會讓妳感到後悔。」

士道毋須回頭就知道那是十香與折紙的聲音。本來士道還覺得奇怪，怎麼沒有在集合地點看到她們兩人的身影，看來是因為她們一直在找士道。

「哦！十香、鳶一同學，在這裡、在這裡！」

亞衣向她們招手之後，十香與折紙將視線投向這邊。

「……嗯？」

然後，看見士道身影的十香，瞪大了眼睛。

接下來，不知為何閉上眼睛，像是在聞什麼味道似地不停抽動鼻子。

經過數秒之後，露出確信不移的表情以堅定眼神凝視著士道的眼睛。

「你在做什麼呀，士──」

「……！」

士道急忙伸手摀住十香的嘴，然後以亞衣、麻衣、美衣聽不見的音量在十香耳邊輕聲道：

「……抱歉，十香，我會這麼做是有原因的。妳可以裝作不認識我嗎？」

「嗯……？是……是嗎？嗯，我知道了！」

十香輕輕點頭，然後刻意大聲說道：

「嗯、嗯嗯！請多多指教！名字不叫士道的這位女生！」

「……好、好的，請多多指教。」

臉頰流下汗水的同時，士道伸出手與十香握手。三人組雖然露出疑惑神情，不過可能是因為十香平時就是這個樣子，所以也就坦然接受，並沒有繼續深究下去。

然後──

「……！」

士道下意識地閉上眼睛。

理由很簡單。因為從下方傳來「喀嚓」聲響的同時，眼前也閃過一道閃光燈的光線。

「咦、咦？」

完全搞不清楚狀況的士道大感驚訝，而相同的聲音再次斷斷續續地傳來。

察覺到不對勁的士道往那個方向看過去……立刻發現犯人的身分。

折紙手裡拿著一台不知從哪裡拿出來的小型數位相機，擺出相當專業的姿勢連續按下快門。

當然，被照相的人正是士道。

折紙臉上表情和平常一樣枯燥乏味，但是不知為何，她的模樣看起來有點興奮，呼吸也變得越來越急促。

「請……請問……」

「不要動。」

說完後，折紙再次按下快門。從左邊拍、從右邊拍。時而冷靜、時而熱情。散發出連攝影專家都比不上的魄力，專心一致地拍下士道的身影。

「請看鏡頭。」

「那……那個……」

「很好，非常好。」

「那個……」

「脫掉一件衣服吧。」

「這……這樣我很困擾。」

對於士道而言，其實是很不希望這副模樣被人記錄下來。但是就算這麼說，折紙應該也不會乖乖停手。所以士道只能害羞地別過臉等待折紙拍完。

看見這個情況，亞衣、麻衣、美衣開始竊竊私語。

「吶、吶，鳶一同學喜歡的人不是五河嗎？」

「難道她也喜歡女孩子嗎？」

「只要姓五河無論是誰都ＯＫ嗎？她特別喜歡這種ＤＮＡ？」

……就這樣，她們肆無忌憚地亂說一通。不過，折紙卻表現出毫不在意的樣子。她突然仰躺下來，然後把手滑進士道的兩腿之間。

「等……妳在幹什……！」

士道不禁按住裙子往後退。不過，折紙卻用沒有拿著照相機的那隻手用力抓住士道的腳。

「妳……妳這傢伙！妳想做什麼呀！」

實在是看不下去了。十香抓住折紙的雙腳，企圖將她拖離士道身邊。若是從旁人的角度來看，這無疑是一幕超乎現實的景象。

不過，折紙依舊用完全看不出來是她那纖細手臂所使出來的怪力抓緊士道的腳，並且不停按下快門讓相機不斷傳來「喀嚓喀嚓喀嚓……」的聲響。而且還啟用了連拍模式。

「等……一下！不，不要啊啊啊啊啊！」

士道漲紅了臉，發出比女生還像女生（至少贏過折紙）的慘叫聲。

◇

作為天央祭會場的天宮廣場是位於天宮市市中心的大型展覽館。

其建築建構為在正中間架設一個中央舞台，周圍則建有大型展覽會場。天央祭使用的場地主要是東區的一號館到四號館。

「……所以，琴里，美九在哪裡？」

為了小心起見，士道壓低聲音朝著耳麥講話。

士道現在正躲在放置在二號館角落的器材後面，觀察著周圍的情況。

我去上一下洗手間……雖然順利地利用這個藉口溜走，但是折紙卻不知為何在露出閃閃發亮的眼神之後跟了過來。讓士道花費許多時間與體力才甩掉她。

「終於擺脫其他人了呀。美九在一號館喔，就是龍膽寺設立攤位的地方。」

「一號館嗎……我知道了，我現在馬上過去。」

士道說完後，迅速地從器材後方跳出來，一邊注意著不讓其他人與折紙發現自己的身影，一邊往一號館的方向跑過去。

士道輕而易舉地就找到美九的身影。在一號館最深處，有一群身穿藏青色水手服的少女——而美九就站在正中間。

「和其他學生在一起……嗯，這也是理所當然的。」

「哎，雖然已經事先預料到了，但是這種情況還真棘手吶。就算現在靠過去，也只會被那些圍繞在女王大人身邊的人阻擋在外頭而無法與她直接對話。那麼，接下來該怎麼辦呢？」

「能不能想辦法讓美九單獨行動呢？例如從妳那邊派出假扮成工作人員的船員來——」

「等一下，美九開始移動了！」

聽見琴里的話，士道看向前方。

確實如琴里所言，美九從由龍膽寺學生們所形成的人群中走出來，獨自一人走向其他地方。

「什麼……？要去洗手間嗎？」

「不管怎樣，這是個好機會，快點追上去。」

「喔，明白了。」

「口氣！」

「……人家明白了。」

這麼說來，士道現在才發現自己與琴里說話的時候，語氣都會完全變回男生的模式。士道告誡自己千萬不能在緊要關頭出錯，同時邁出腳步緊追在美九後頭。

跟蹤了幾分鐘之後，美九沒有進入離自己最近的洗手間，而是直接離開一號館，朝著位於廣場中間的中央舞台的方向走過去。

接下來，通過觀眾席，穿過上頭寫有「非工作人員禁止進入」的布條，走進舞台的後台。

「啊……」

「快追上去呀，士道。」

「知……知道了。」

士道下定決心穿過布條之後，直接走進舞台後台。

雖然只隔了一道牆壁，但是四周景色卻有著驚人的差異。

與富麗堂皇的舞台不同，這裡是個相當雜亂的空間。昏暗道路的兩側堆滿各式各樣的物品，使得本來就不寬敞的道路寬度顯得更加狹隘。

在小心不要被絆倒的同時，沿著這條道路前進，最後抵達一扇看似通往舞台的門前。

然後從那裡往外窺探……

「啊……」

士道不自覺地發出一聲細小的聲音。因為美九正站在舞台中間凝望整個會場。

似曾相識。前幾天，士道也在無人的小巨蛋裡看過同樣的光景。

那是精靈的魄力嗎？還是所謂的偶像光環呢？被對方的氣勢壓倒的士道，下意識地後退了一步。

或許是看見士道的舉動了，耳麥突然傳來無奈的嘆息聲。

「都還沒跟她碰面，你在緊張什麼呀！」

「我……我知道啦——現在可以跟她說話了吧？」

「沒錯。如果我們的假設是正確的，你應該不會像上次那樣被粗魯對待了。」

「……如果錯了呢？」

「我會去幫你收屍的。」

「……喂。」

「開玩笑的啦。『誘宵美九討厭男生』這個情報八九不離十應該是正確的。不過，美九到底會不會看上『士織』，那又另當別論了。畢竟她也有可能拆穿士道是男生，你要小心行事。」

「喔，好——不對，人家會注意的。」

士道做了一個深呼吸之後輕拍臉頰，接著走到舞台上。

或許是聽見腳步聲而察覺到士道的存在，美九突然轉過身來。

「哎呀？」

驚訝地瞪大眼睛，美九像是在觀察士道似地，將士道全身上下打量過一遍。

難道被她發現自己是男生了嗎？緊張的情緒緊緊揪住士道的心臟。

「妳是……？」

「呃！俺……俺是……」

「笨蛋，士道！」

面對美九突如其然的詢問，士道不自覺地脫口說出「俺」這個自稱詞。美九驚訝地歪了歪頭。

「俺……？」

「啊，那個，那是……」

即使說話變得語無倫次，士道仍然試圖想要敷衍過去。如果在這邊被發現自己是男生的話，所有努力都將白費了。

不過，相對於士道的焦躁不安，美九則是露出一個溫柔的笑容。

「好奇怪的說話方式呀～呵呵呵……但是這樣很有個性，很棒喔！」

「……！好感度、心情這些數值都保持不變！沒有下降！」

船員的聲音傳進右耳。

「看來她把士道的男性用語當成是有個性的說話方式了……運氣真好吶。很好，你就維持這種語氣繼續說話吧。」

「喔，好……」

鬆了一口氣。

但是，總不能一直等待對方主動做出反應。於是士道開口向她打招呼。

不過，此時耳麥卻傳來琴里的制止聲，打斷了士道的話。

「——等等，出現選項了。」

在主螢幕播放出美九與士道的影像上，跳出一個視窗。

①「妳是誘宵美九吧？請幫我簽名！」

②「妳在這裡做什麼呢？」

③「不好意思，能不能請妳將身上穿著的內褲以三萬圓的價格賣給我呢？」

「全體人員，開始投票！」

琴里大叫出聲之後，手邊的個人螢幕立刻顯示出統計結果。

得票數最多的是──②。然後……出乎意料之外的，第二高票居然是……③。

「②……做為開場對話來說，確實是相當妥當的選擇……不過為什麼③那麼受歡迎呢？」

「若是以男性身分這麼說，肯定會被當成變態。不過如果是剛剛才被稱讚有個性的士織模式，我覺得反而應該選擇這種令人印象深刻的問題比較好……」

「我希望能在開頭時說出這種強烈字眼來觀察對方反應。回想一下，在攻略狂三的時候，這個方法不也奏效了嗎？」

聽完船員們的話，「嗯……」琴里用手托住自己的下巴。

「好……那就這樣吧。的確，我也想要摸清美九所能容忍的極限呢。」

說完後，琴里把麥克風拉近，對士道下達指令。

「什麼……！妳是認真的嗎？」

「現在的士道是女孩子。你從頭到尾只要裝作開玩笑的樣子就好了。就算被當成『怪人』也沒關係，最重要的是要讓她對你留下深刻印象。」

「真……真的是這樣嗎……？」

聽完說明後，士道還是覺得難以接受，但是又不能繼續讓美九等待下去。於是士道下定決心開口說道：

「喂……妳……」

「什麼？」

「能不能請妳將身上穿著的內褲……以三萬圓的價格賣給我呢？」

「咦？」

美九將眼睛瞪得圓滾滾的，歪了歪頭。接下來，以清澈眼瞳回看士道並且疑惑地反問道：

「啊？為什麼呢？」

「妳問我為什麼……這個嘛……」

士道露出為難表情，說話也變得吞吞吐吐。接著，「呵呵。」美九揚起嘴角微笑。

那是個乍看之下相當和藹可親的笑容，卻讓士道的肩膀不由自主地顫抖了一下。因為在前幾天，士道才剛剛親眼見識過美九露出相同表情，連綿不絕地痛罵自己。

但是現在從美九嘴裡說出來的，不是下流難堪的粗俗話語，也不是折磨士道心靈的謾罵，而是聽似愉悅的聲音。

「我想想～我不喜歡金錢交易，但是妳如果願意用自己的內褲來跟我交換的話，我倒是可以考慮考慮喲～」

「咦……咦咦！」

突然被告知這種事，士道不禁漲紅了臉，伸手按住裙子下襬。看見士道的模樣，美九彷彿感到很有趣地笑出聲。

「啊哈哈～開玩笑的啦。話說回來，那應該是我要做的反應才對吧？」

「啊……啊啊……對……對不起……我也是開玩笑的。」

兩人相視微笑了一會兒。但是，隨即又陷入沉默。

時間是有限的。士道努力尋找話題讓兩人能夠繼續對話下去。

「——吶，我問妳。」

「是？」

「這……這裡……不是禁止進入嗎？」

「呵呵，對呀～對不起，我做了點壞事。」

美九說出這句話的同時，臉上浮現惡作劇的笑容。看見那個相當迷人的舉動，士道不禁心跳加速。

「不過，這麼說來，妳跟我一樣都是壞孩子呢～」

「咦？啊……」

這麼說來確實是如此。士道像是在辯解般地用力揮手。

「啊，不是的，那個，我……」

「呵呵，沒關係啦～」

說話的同時，美九踩著緩慢步伐往士道靠過來。

接著一直走到幾乎能聽見彼此呼吸的位置之後，「噓～」在士道面前豎起一根手指。

「就當作是我們兩人的祕密吧？這是壞孩子之間的約定喲～」

「咦……啊，好的……！」

士道像是被彈開似地往後退了一步點點頭，於是美九笑得更開心了。

同樣的長相、同樣的聲音。眼前的這名少女，確實是前幾天與士道相遇的那名精靈。

不過即使理解這一點，現在的美九與士道記憶中那位冷酷女王的反應截然不同，讓人忍不住懷疑是不是與八舞姊妹一樣，其實同時存在著兩名精靈……僅僅因為對象的性別不同，態度就會相差這麼多嗎？

就在士道陷入沉思之際，琴里出聲提醒他要振奮起精神。

「專心點！不可以鬆懈！」

「喔……我知道了。」

「怎麼了？」

「不，沒有，沒事……」

在回應琴里的時候，與美九靠得太近了。「……真是的。」從耳麥傳來琴里錯愕的聲音。

但是這次士道沒有做出回應。正確來說，是沒有時間回答。因為美九歪著頭開始提問。

「妳——身上的制服，是來禪高中的學生嗎？」

「咦？啊啊，是的。」

「嗯……妳有來參加前天的會議嗎？」

「不……那個時候我剛好身體不舒服。」

「啊啊，原來如此～」

說完後，美九朝士道伸出右手。

「那麼，重新自我介紹～我是龍膽寺女子學院的誘宵美九。請多多指教～讓我們一起努力辦好天央祭吧！」

「喔，好，請多多指教！」

士道伸出右手，與美九握手。美九的手很小，而且有點冰涼。他小心翼翼地拿捏好力道，輕輕握住她的手。

「……？」

然後，美九保持微笑表情歪了歪頭。

不明白對方意思的士道，做出了相同的舉動。此時，一陣尖銳的聲音傳進右耳。

「笨蛋！對方都已經自我介紹了，你還不趕快說出自己的名字！」

「啊……」

被琴里這麼一說，士道慌慌張張地繼續說道：

「士織……我的名字是五河士織。」

「士織……嗎？真是個好名字吶～」

「謝……謝謝。」

士道露出一個曖昧的微笑如此回答。接下來，美九將視線落在被握住的手上。

「好強壯的手喔～妳平常有在做什麼運動嗎？」

「……！啊……我……偶爾會打打排球……」

在瞬間選了一個容易讓雙手皮膚變厚的運動項目。美九點了點頭，似乎接受了這個說法。

「啊啊，怪不得。」

「咦？」

「因為我覺得妳個子很高，很帥氣呢～」

「啊啊……哈哈，不太像女孩子吧？真是抱歉。」

「才沒有這回事呢～我覺得妳很可愛。」

「……是……是嗎？」

雖然很感謝她的誇獎……但是該怎麼說呢？身為男孩子來說，心情突然變得很複雜。

對方有可能是在說客套話，不然就是現在的化妝品確實擁有如此驚人的效果。士道努力想出了這兩種解釋讓自己信服。世間的男性啊，千萬別被騙了。

「……嗯，數值還算不錯。只要你不要再做蠢事，應該就沒問題了吧。我還想多獲得一些她的反應數據。你再多問她幾個問題吧。」

「那……那個，呃……」

依照琴里的指示，士道努力向她提出問題：

「美九……妳……妳在這裡做什麼呢？」

聽見這個問題，美九鬆開士道的手，身體往後轉了一圈面對觀眾席的方向。

「——我呀，很喜歡站在舞台上的感覺～」

「站在舞台上……？」

「是的～大家渴望聆聽我的歌聲。我相當喜愛那樣的空間喲～所以當我在移動途中看見這個場所的時候，就忍不住想要站上來體驗一下。」

「原來……是這樣啊……」

士道如此說道。然後，美九似乎覺得很有趣，再次露出笑容。

「像士織這樣的人還真是少見吶～」

「咦？為……為什麼？」

「——難道，妳沒聽過我的名字嗎？」

「那個……」

毫無疑問的，她指的不是龍膽寺的誘宵美九，而是真實身分成謎的偶像——誘宵美九。

就在士道左思右想不知該如何回答的時候，美九輕輕搖頭。

「啊哈哈，讓妳感到困擾了呢～請妳不要在意。」

說話同時，美九踏著跳舞般的步伐通過士道身邊，走向舞台側邊。

「好了，該不多該回去囉～」

接下來，美九回過頭看向士道。

「雖然還想多跟她聊一會兒……但是硬把她留下來也不好。沒辦法了，接下來的計畫就改成趁她與其他學生一起行動之前，創造出相約下次見面的契機吧。」

「……我明白了。」

士道在聽見琴里聲音之後輕輕點頭，然後轉身面對美九。

「說得也是吶……回去吧。要是被人看見我們待在這種地方，一定會被責罵的。」

「不～那倒是無所謂～」

「咦？」

士道歪著頭。於是，美九再次豎起一根手指，「噓～」地將手指抵在鼻頭上。

「這可是專屬於我們兩人的……祕密呀～」

「……！」

心臟不禁噗通跳了一下。自己現在一定是滿臉通紅吧。

看不出來有沒有察覺到士道現在的心境，美九露出微笑，踏著輕快步伐往前走。

「喂，不要一直待在原地喘息。你們能單獨相處的時間已經所剩不多了喲。」

「好……好的……」

士道做了一個深呼吸讓心跳速度緩和下來之後，跟在美九背後進入舞台側邊，行走於後台的道路上。

但是，或許是因為急著追上美九而加快腳步的緣故，士道並沒有像走上舞台時那般小心翼翼。總之，若是說起發生了什麼事——

「嗚……嗚哇！」

穿不習慣的裙子下襬被器材勾住，士道也因此從樓梯上摔下去。

「好痛痛痛……」

「妳……妳沒事吧？」

面露擔心神情的美九走了過來。士道連忙按住往上掀起的裙子。雖然裡面還穿了一件短褲，但是依舊會感到害羞啊！

「來吧，手給我。」

「啊，好的……抱歉。」

就在握住美九的手打算站起來之際——士道皺起眉頭。

「唔……！」

手似乎擦破皮了。感受到輕微痛楚，士道不自覺地縮回手。

「糟糕～」

美九心痛地皺起眉頭，接著從口袋裡取出一條蕾絲滾邊手帕，包住士道的手。

「不要這麼做，會弄髒的。這只是小傷……」

「妳在說什麼呀，身為一名排球選手可不能輕忽手傷喔……現在我也只能幫妳做這樣的急救而已，回去以後請妳一定要對傷口做消毒的動作～」

「謝……謝謝。」

「不客氣～請握住我的手吧～」

士道用沒有受傷的那隻手握住美九的手，從原地站起身來。然後，美九才終於表現出鬆了一口氣的表情，像是要引領士道一樣走在前方。

與此同時，耳邊傳來嘆息聲。

「哎呀呀，她居然變成你的護花使者了呢。」

「嗚……」

「我沒說這樣不好喲。因為這一次士道是女孩子嘛！從她的反應來看，出乎意料之外的，美九似乎是那種習慣掌握主導權的類型呀。」

從鼻間發出「哼哼」兩聲之後，琴里繼續說道：

「而且──很幸運的，我們也獲得再次跟她見面的藉口了。如果那是故意跌倒的話，連我都想大大誇獎你了！」

「咦？」

「之後再說明。好了，別讓美九等太久了。」

「嗯……知道了。」

確實如同琴里所說，這一次士道一邊提防自己別再次跌倒一邊走過通道，穿過禁止進入的布條，重返中央舞台的觀眾席區。

「抱歉，謝謝妳幫助我。」

士道低頭鞠了個躬，向美九道謝。美九露出溫柔笑容同時揮了揮手。

「不客氣不客氣，請妳別在意——」

不過，美九卻突然停止說話。

士道在一瞬間感到有點奇怪，但是沒多久便發現了原因。原來不知何時出現的折紙，突然擋在美九與士道中間。

「快離開她，士織。」

折紙攤開手保護士道，同時以銳利眼神瞪向美九。

「哎呀~妳是……啊啊，是那個時候的……原來妳也是來禪高中的學生呀~」

此時，被折紙瞪視的美九像是回想起什麼事情一般挑起眉毛。

所謂的「那個時候」，指的並不是前天的聯合會議。恐怕是在那之前——也就是發生空間震的時候吧。

「妳到底想幹什麼？」

「不要說得那麼難聽嘛~我沒有要傷害妳們的意思喲~」

「我才不相信妳的話。」

聽見折紙的話，美九露出困擾的笑容。

不過，折紙仍然保持警戒，往士道的方向瞄了一眼。

「士織，妳的手怎麼受傷了？」

或許是看見士道的手受傷了，折紙的聲音透露出些微怒意。

折紙可能以為美九弄傷了士道，或者誤會士道是因為美九才受傷。為了解開誤會，士道用力搖了搖頭。

「不是的，這是——」

「士織。」

就在士道打算開口說話的時候，美九卻制止了他的發言。

她與剛剛一樣豎起食指，像是在說「這是祕密喲」一般，朝士道眨了眨眼。

「啊……」

「……這是怎麼回事？」

折紙用有點不悅的語氣如此說道。然後，美九呵呵笑出聲來。接下來，就這樣往一號館的方向走過去，裙子下襬也隨著她的動作翩翩飛揚。

「…………」

折紙雖然表現出無法認同的樣子一直盯著美九的背影，但是卻沒有追上去的打算。

取而代之的，等到看不見美九背影之後，折紙轉過身來面向士道。

「我要求你解釋清楚。」

「那……那個……」

總覺得，待會兒麻煩大了。

◇

隔天放學後。

士道正站在龍膽寺女子學院的校門口前等待美九放學。

「——士道，有聽到嗎？龍膽寺已經下課了喲。她應該等一下就會出現了。」

「好的。」

聽見從右耳耳麥傳來的琴里的聲音之後，士道做出回應。接下來，士道把已經去除汙垢並且清洗乾淨的蕾絲手帕從口袋裡拿出來。

沒錯。琴里所說的，能與美九接觸的方法指的就是這個。

「歸還借來的手帕」這個藉口確實相當合理。當然，雖然會有在她取回手帕之後就直接告別的可能性存在……所以到時候，只能依靠〈拉塔托斯克〉的指示與士道的機智來扭轉局面了。

士道靜靜等待美九走出校門。

話雖如此，在一群穿著水手服的女學生中，出現一名身穿不同款式的他校生，果然是一件相當引人注目的事情。士道焦躁地將裙子往下拉扯，同時不停地磨蹭雙腿。

「怎麼了？想上廁所？」

「……才不是。」

聽見琴里說出這種毫不體貼的話之後，士道半瞇起眼睛回答道。

「話說回來，美九是天央祭的執行委員，所以即使放學了，也有可能要留下來工作……」

「別擔心，我們已經調查過了。美九雖然是執行委員，但是每個禮拜一定會有一天邀請喜歡的女孩到自己家裡，一起享受下午茶時光。」

「哈，真是高雅的興趣。」

就在士道說話的瞬間，發現有一群學生從校舍的方向走過來。是美九與那些總是圍繞在她身旁的學生們。

「來了，去吧。從昨天的數值來看，她對妳的態度應該不會太差才對。」

「好……好的。」

士道吞了一口口水，確認過手帕確實放在口袋中之後，擋住了美九的去路。此時，美九正被一群美少女們團團圍住，看起來猶如高官出巡或教授醫生總巡診一樣。

接下來，像是察覺到士道的存在了，一群女生停下腳步看向士道。

「……？有什麼事嗎？」

走在前頭的女學生表現出警戒的態度，歪著頭如此說道。

「啊，那個，我……我是昨天在天宮廣場受到誘宵美九……」

「啊啊，難道妳是姊姊大人的粉絲？」

在士道說出美九名字的瞬間，女子無奈地聳了聳肩。

「姊……姊姊大人……？」

「不可以喲。雖然我能理解妳的心情，但現在是姊姊大人的私人時間。如果妳真的是姊姊的粉絲的話，應該可以理解這一點吧？」

「不，呃……不是這樣的。我只是想還手帕……」

就在士道露出為難表情打算解釋清楚之際，從女學生的背後傳來語氣驚訝的聲音。

「哎呀～士織？」

定眼一看，士道發現了瞪大眼睛用手摀住嘴巴的美九身影。

士道低頭鞠了一個躬。此時，擋在士道面前的那名女學生突然慌張起來，眼神也開始飄移不定。

「妳……妳是姊姊的朋友呀？剛……剛才是我失禮了……」

「不會、不會，妳別介意。」

就在女學生與士道彼此不停地互相鞠躬的時候，美九走了過來。

「怎麼了嗎？今天沒有舉行聯合會議呀～」

「啊……我……我是來還這個的……」

說完後，士道從口袋裡取出摺疊得整整齊齊的蕾絲手帕。於是，「哎呀！」美九睜大眼睛看著士道的臉。

「怎麼這麼多禮，其實妳不用還我的。」

「不行，我不能那麼做。」

士道以斬釘截鐵的語氣如此說道。美九似乎覺得相當有趣，嘻嘻笑出聲。

「那麼，我就收下了。呵呵，不過我有點失望呢～」

「咦……？」

聽見美九從自己手中接過手帕的同時所說的話，士道不禁歪了歪頭。

「有……有什麼問題嗎？」

「不，不是那樣的～」

美九臉上浮現一個頑皮笑容並且繼續說道：

「士織是來邀請我去喝茶的嗎？我原本還懷有這樣的小小期待呢～」

「……！」

士道覺得自己的心臟幾乎快要跳出來了。自己現在一定是滿臉通紅吧？無法分辨是對方的心機還是天真無邪，但是那句話卻具有驚人的破壞力。「自己得跟她多學學吶……」士道腦中所剩無幾的思考能力在此時下達異常冷靜的批評。

然後，就在士道陷入沉思之際，琴里尖銳的聲音敲進士道耳裡。

「你在發什麼呆呀，還搖擺不定的，這個笨子ㄚ！雖然是以開玩笑的口氣說話，但是對方都這麼暗示你了耶，你怎麼不會機靈一點趕緊開口邀約呢？」

肩膀顫抖了一下之後，士道回看美九的眼睛。

「那……那個……」

「什麼？」

「那麼……作為妳借手帕給我的回禮……能不能邀請妳……一起去喝茶呢？」

士道說完後，美九露出至今為止最迷人的笑容。

「當然，我很樂意。」

美九的家，就位於從龍膽寺女子學院走路不到五分鐘的地方。

那是一棟以純白牆壁與深藍色屋頂為其特徵的洋房。經過細心修整過的庭院裡處處可見盛開得五彩繽紛的花朵，給人一種通過這道牆就像是進入另一個世界般的錯覺。

不難想像初次拜訪這裡的女孩子會有什麼樣的反應。事實上，即使知道有些做作，但是就連士道也做出了深受感動的反應。

……結果，士道獲得了來自美九的溫柔微笑，以及從耳麥傳來「……噗！」的偷笑聲。

「…………」

士道被帶到像是只會出現在繪本中的這棟宅邸的會客室裡，獨自一人忐忑不安地坐在沙發上面。

沒錯。雖然在形式上是士道開口邀請美九喝茶，但是最後卻演變成士道接受美九邀請並且拜訪她家。

「總覺得……事情進展得太順利反而有點恐怖吶……」

「這樣很好呀，事情就能早點解決。數據方面也在順利上升中喔。士織突然造訪的效果似乎比想像中還要好呢。目前狀況很好喲。」

「那就好……」

說完後，士道忽然察覺到一件事。

「……喂，現在才問這件事有點為時已晚。不過，美九不是討厭男生嗎？就算我能以士織的身分成功封印住她的能力，但是等到我恢復原本的模樣之後又該怎麼辦？」

的確，即使是被封印的精靈，也有可能會在精神狀態極度不穩定的狀態下，讓部份靈力回流到自己身上。如果討厭男性的美九發現了士織的真實身分，到底會發生什麼事情呢……光想像就覺得恐怖呀。

「…………」

琴里沉默數秒之後，繼續說道：

「那套制服與化妝道具就送給士道了。」

「喂！」

「怎麼了嗎？」

大叫出聲的瞬間，聽見背後傳來美九的聲音。士道只好露出曖昧的笑容企圖矇混過去。

「沒有，我看見窗戶外面有貓……」

「哎呀、哎呀～」

美九一邊以愉悅語氣說話，一邊將手上的托盤放到桌子上，接著在看起來相當高價的茶杯裡倒入紅茶。

「真是不好意思，明明是我邀妳喝茶的，卻這樣麻煩妳……」

「不會的～我最近剛好買了上等茶葉，所以很想跟人一起分享。而且，只要能和士織一起共享下午茶時光，就是最好的禮物了喲～」

「不，別這麼說……而且，我還對那個孩子做了過分的事呢……」

說完後，士道回想起剛剛與美九在一起的那名女學生。

原本被邀請到美九家裡一起喝茶的其實是那個女生才對，在美九答應士道邀請的那一瞬間，她的臉上立刻露出了與畢卡索畫作《哭泣的女人》一樣的表情。

不過美九卻表現出毫不在乎的態度揮了揮手。

「請不要介意，她是個懂事的好孩子——比起這件事，妳的手沒事吧？」

「咦？嗯……嗯，已經沒事了。」

「呵呵，有在運動的人，恢復力果然比較好呢～」

說話的同時，美九在士道對面的椅子上坐下來，啜了一口紅茶。

受到美九的影響，士道也在說了一句「我開動了」之後，將茶杯遞到嘴邊。馥郁茶香立即在嘴裡擴散開來，通過鼻腔最後傳向外部。

「哇……」

對於士道的反應，美九似乎感到相當滿意。嘻嘻笑了幾聲之後，再次啜了一口紅茶。

「……嗯，還不錯。對於士道的好感度正在緩緩上升。什麼嘛，原本還以為是個棘手人物。照這個情況發展下去，應該很快就能擄獲她的芳心了。不用操之過急。總而言之，先繼續與她進行愉快的對話吧。」

士道輕輕點頭，從為數不多的話題中挑選了一個適當話題，然後開始與美九交談。

實際上，兩人聊天的內容並沒有什麼特別的。幾乎都是幾個小時之後就會忘記的小事。

不過，由於美九都會逐一附和士道所說的話，所以談話的氣氛也變得越來越熱烈。士道也因為聊得太投入的緣故，沒有注意到窗外的景色已經逐漸被夕陽染紅。

等到察覺之時，時針已經指向八點。兩人似乎聊了很長一段時間。

「——哎呀，已經這麼晚了呀～」

「抱歉，聊得太投入了……」

就在士道慌慌張張地打算起身返家的時候，美九優雅地搖了搖頭。

「不會，我聊得非常開心呢～」

說完後，她目不轉睛地凝視著士道。因為感到難為情，士道的眼睛看向別處，臉上浮現曖昧的笑容。

不過，美九不但沒有挪開視線，反而繼續凝視著士道好一會兒——

「嗯，果然很不錯呢。是至今為止沒遇過的類型～」

接著，像是在肯定什麼事情一般，點了點頭。

「士織，我很喜歡妳～從明天開始，請妳轉學到龍膽寺來吧。」

「…………咦？」

在第一時間聽不懂美九話中的意思，士道驚訝地瞪大眼睛。

「轉學到龍膽寺……？」

「是的。請妳轉學吧～」

「這個嘛……」

感到困擾的士道輕輕敲了耳麥兩次。琴里立刻就給予回覆。

「……我們這裡沒有出現任何選項喲。至少，她看起來不像是在開玩笑。」

士道感到更加困惑了，美九到底在說什麼呢？

「她到底想做什麼？……雖然不想惹美九不高興，但是這麼做的風險太高了。只好利用其他要點進行調整，先婉轉地拒絕她吧。」

琴里如此說道。士道點了點頭，表示贊同。

美九可能將士道沒有回答問題的舉動當作是在擔心轉校的相關問題，於是加上手勢說明繼續說道：

「當然，妳不用擔心學費或是成績之類的問題～我會先幫妳拜託校方～啊，能告訴我妳的地址跟衣服尺寸嗎？我今天就叫人送制服過去給妳。」

「等……等一下！這種事情我沒有辦法輕易決定！」

士道說完這句話之後，美九揚起嘴角站起身，走到士道身邊坐下來。接下來，溫柔地握住士道的手，倏地把嘴巴靠近他的左耳。

接下來……

【——拜託嘛～】

發出這種像是撒嬌般的輕聲細語。

「……！」

士道閉起眼睛。因為在那個聲音震動鼓膜的瞬間，突然有一股強烈的暈眩感襲來。

給人一種彷彿是言語透過耳朵侵入體內，直接衝擊大腦般的錯覺。酩酊大醉似的感覺充滿整個意識，處於忘我境界的士道幾乎快要答應美九的要求。

不過，士道隨即察覺到情況再這樣繼續發展下去的話會有危險。於是咬住口腔裡的肉，努力維持清醒。

「就……就算妳這麼說……」

「咦？」

聽見士道的回答，美九相當吃驚地睜大眼睛。接下來像是在思索什麼事情似地陷入短暫的沉默，然後目不轉睛地凝視著士道。

「士織？」

「什……什麼事……？」

【——請妳……脫掉衣服吧。】

和剛剛一樣，美九再次用能夠響徹大腦的「聲音」如此說道。

「咦……咦咦……！」

愣了一秒之後才理解美九話中意思，士道的臉漲得更紅了。

「我……我會困擾的，這也太……」

雖然不明白美九的企圖，但是唯一可以確定的是，在脫掉女生制服的瞬間，魔法就會從士織身上消失不見。

看見士道的反應，美九像是領悟到某件事一般挺身坐正。

「妳果然不會聽從我的話吶～」

「抱歉，但是那種事情……」

沒有聽完士道的話，美九就開口說話了——那句話是……

「難道妳是——精靈嗎？」

比起剛剛的「聲音」，更加撼動士道的意識。

「咦——」

對方突然說出口的那個單字，讓士道的身體在瞬間僵直在原地。

「為什麼……會知道……」

「士道！」

聽見琴里的聲音後，士道突然回過神來，揮舞雙手企圖敷衍過去。

「妳……妳突然間在說些什麼？是什麼遊戲嗎？真是令人意外呀，跟美九給人的印象——」

「啊哈哈，沒關係喲～妳不用再裝傻了。因為不聽從我的『請求』的人，不可能會是普通人呀～」

說話的同時，美九臉上浮現與之前沒有什麼分別的笑容。

「不，應該說如果妳是精靈的話，我反而會很高興呢。我一直很想見見除了我以外的其他精靈～應該還有很多名吧？」

「什……」

「吶，士織。妳究竟是何方神聖？莫非真的是精靈？還是那些叫『巫師』的同伴？」

接下來，美九輕輕嘆了一口氣之後繼續說道：

「我與妳的相遇只是單純的偶然嗎？還是另有目的？」

「那……那是……」

「……她開始焦躁不安了。如果繼續裝傻，之前所累積起來的好感度將會變成一場空。」

正當士道不知該如何回答之際，琴里如此說道。

「沒辦法了……只能賭一賭，直接進入交涉了。士道，告訴她實情。」

「……我知道了。」

士道嚥了一口口水，轉身面對美九。

接下來，下定決心開口說道：

「……美九，我不是精靈也不是巫師，而是人類。」

聽見士道的話，「呼～」美九輕聲嘆氣，露出一個失望的表情。

「真是遺憾呀～沒想到士織居然會說出這種謊——」

「——但是，我擁有把精靈的靈力封印起來的力量。」

士道打斷美九的發言，平靜地說出這句話。

接下來，美九睜大原本低垂的雙眼，再次凝視士道的臉。

「封印……靈力？那是什麼意思？」

「就是——」

士道開始一點一滴地描述詳情。

雖然不知原因為何，但是自己身上確實擁有那樣的能力。

還有，只要利用這股力量將靈力封印起來，精靈就不會被ＡＳＴ追殺，也能留在這個世界過著安穩的生活。

經過簡單說明之後，士道直直望著美九的眼睛，同時開口說道：

「如果……如果妳願意相信我所說的話，美九，我想要——拯救妳。」

「…………」

美九沒有做出任何回應，只是一直默默聆聽士道的話。她在此時像是陷入短暫沉思一般瞇起眼睛，將手放在嘴邊。

沉默在會客室中流淌。讓人覺得時鐘規律的聲響與心跳聲似乎變得更加大聲。

接下來，不知經過多久，美九才輕輕嘆了一口氣。

「——我知道了，我相信。妳的聲音聽起來不像是在說謊～」

「……！真……真的嗎！」

士道瞪大眼睛，以尖銳的聲音如此說道。老實說，士道原本以為就算對方是精靈，應該也不會輕易相信這種荒唐無稽的話。

看見士道的反應，美九苦笑道：

「妳那是什麼反應呀？看起來簡直就像是一直認為我不會相信士織同學似的～」

「不，那個……」

「呵呵呵，對不起。稍微捉弄了妳一下～」

說話的同時站起身來，美九緩緩走向窗邊。

「我確實非常訝異，不過士織看起來不像是在說謊——而且，雖然我們的相遇是妳蓄意安排的，但是這麼做的理由卻是為了要拯救我，這是一件值得高興的事情呀～」

「啊……啊哈哈……」

總覺得有點難為情，士道下意識地抓了抓後腦杓。

「……所以，難道士織已經有封印精靈力量的經驗了？」

「咦？是……是的，封印過。四個人——不，正確來說是五個人吧。」

「真的嗎？我都不知道有這麼多位精靈住在這裡呀～我想見她們。可以麻煩妳帶我去嗎？」

「啊，好啊，當然！大家一定可以跟美九變成好朋友的！」

士道激動地拉高聲音。說真的，幸好這一次遇見的是一名性格穩重的精靈。如此一來就能順利地——

當士道想到這裡的時候，突然注意到另一個問題。

這麼說來，士道還沒有將封印的方法告訴美九。

雖然從琴里那裡得知好感度與心情數值都還算不錯，但是目前還不能確定美九是否願意跟自己親吻。士道那原本已經緩和下來的緊張情緒，又開始緊繃起來。

「還有，關於那個封印的方法……」

接著以提心吊膽的語氣對著美九說話。不過——

「啊啊，接下來的就不用說了～」

「咦……？」

美九半瞇著眼繼續說道：

「——我相信妳的話。但是我不需要妳幫我封印靈力喲～」

「什……！」

聽見這句出乎意料之外的回答，士道不禁屏住了呼吸。同時，琴里的聲音傳進右耳。

「嘖……居然來這招。」

美九表現出從容不迫的態度，輕啟如花瓣似的嘴唇。

「妳想想，本來就是這樣嘛～因為在處於擁有靈力的狀態下，我還是能過著十分滿足的生活呀～所以我沒有理由交出力量。雖然我想跟妳繼續做朋友，但這兩件事完全不相干喲～」

「那……那是……」

士道不知該如何反駁。美九說得或許沒錯。

士道的，同時也是〈拉塔托斯克〉的目的是封印靈力，讓精靈能過著和平的生活。不過，這位〈歌姬〉——誘宵美九在沒有〈拉塔托斯克〉的協助下，就已經在這個世界生活了大約半年多的時間。

「說什麼蠢話呀！」

不過，琴里那不悅的聲音卻在此時傳進士道耳裡。

「前幾天引起空間震的精靈在胡說些什麼呀！」

「啊……」

「而且ＡＳＴ那群人才不管精靈的想法呢。只要偵測到靈力反應，就會毫不留情地發動攻擊。而且她已經在鳶一折紙面前暴露身分了，一定會被列入觀察名單。現在已經沒有時間猶豫不決了。千萬不能被說服喔，士道。如果就這樣放任美九不管，一定會傷害到她所珍惜的重要事物！」

受到琴里的一記當頭棒喝，士道握緊拳頭。沒錯，如果士道就此屈服的話，將會讓美九以及與美九相關的各種世界墜入不幸的深淵。

「美九，四天前，妳是不是在立浪車站附近引發了空間震……？那不就代表妳無法完全控制住自己的力量，不是嗎？」

士道說完後，美九臉上浮現訝異神情。

「哎呀？妳居然知道這件事～」

「咦？啊……對呀，那個……是從折紙那裡聽來的。」

士道隨便編了個理由敷衍過去。美九雖然皺起眉頭，卻沒有繼續追問。

「果然很危險。如果把靈力放任不管，總有一天會傷害到妳的朋友或是粉絲也說不一定。拜託妳，讓我把美九的力量封印起來吧……！」

士道目不轉睛地凝視著美九的眼睛，如此說道。

不過，美九輕輕嘆了一口氣之後，慢慢搖頭。

「謝謝妳那麼為我著想，不過那是沒用的喲～」

「為……為什麼！」

士道提出疑問。接下來，美九面無表情地繼續說道：

「因為——那個空間震，是我故意引發的～」

「——咦？」

一瞬間，無法理解美九所說的話，士道露出目瞪口呆的表情。

依照自己意願引發空間震的精靈確實存在。既然如此，那麼其他精靈——眼前這位〈歌姬〉也能做到這點，似乎也是很正常的事情。

不過，雖然能理解這項邏輯，但是士道的腦裡依舊存在著疑問。

「妳……到底……為什麼要這麼做……」

一個最基本的疑問。因為士道完全不知道美九這麼做的動機為何。

然後，美九表現出與剛剛相同的態度，一邊玩弄髮尾一邊說道：

「與士織第一次見面的時候，我就說過了吧～我很喜歡站在舞台上的感覺～」

「……沒錯。」

點了點頭。以士織身分與美九初次見面的時候，她確實說過這句話。

「就在我剛好經過立浪車站附近時，發現天宮小巨蛋裡有某個樂團正在舉行演唱會～——所以呀～那個時候我察覺到一件事。這麼說來，我沒有在天宮小巨蛋裡唱過歌呢～」

「……咦？」

「於是，我突然變得很想唱歌。所以就大叫一聲『嘿呀～』。」

美九擺出一個可愛的姿勢，微笑說道。

「……只……只因為那樣的理由——」

士道的臉扭曲成難以置信的表情如此說道。

「妳怎麼可以說出『只因為那樣的理由』這種話，真是太過分了～」

「因為……四周還有很多人喔……如果有人來不及逃走的話——」

「那也沒辦法～因為我想唱歌呀～」

說出這句話的時候，美九的臉上完全沒有浮現一絲絲罪惡感。

不僅如此，她甚至不覺得那種行為有錯。

「……妳一點都不在乎嗎？居然引發空間震，怎麼會這樣……」

「在乎……妳在說什麼呀～」

「如果妳的朋友——沒錯，假如今天跟妳一起放學的那名女孩子當時有在現場的話，現在很有可能已經死了喔！要是發生這種事情，妳該怎麼辦！」

士道大聲喊道。然後，美九像是在思考問題一般來回移動視線，過了一會兒之後，再次看向士道。

「我會……感到很困擾～」

「沒錯吧！所以——」

「因為這樣又得多花時間去尋找我喜歡的女孩子了～」

「——咦……？」

士道還以為自己聽錯了。

依照自己的意願奪走許多條人命的狂三，令人恐懼。她的惡意、殺意，讓士道的心變得騷動不安。

但是——這位少女……

站在眼前的誘宵美九，很明顯的是個「特例」。處於那種思想的邊緣地帶。

她的言行舉止中，沒有惡意也沒有殺意。

雖然相當適應人類的生活……

但是她的價值觀、生死觀念以及各種概念都與士道等人相差甚遠。

「這真是……令人意外吶。」

耳邊聽見了琴里困擾的聲音。不過，現在的士道已經沒有餘裕回應了。

「妳……妳難道不會……感到——哀傷嗎？即使那麼仰慕自己的朋友……因為自己的緣故而喪命……」

「會呀，我會哀傷喲～因為那個孩子是我喜歡的女孩子的其中一人～不過——」

美九用食指抵住下巴繼續說道：

「妳想想，既然她那麼喜歡我～應該會心甘情願地為我而死吧？」

——已經……到達極限。

士道把緊握到幾乎快要流血的拳頭用力捶向桌面，接著當場站起身來。

「士道，冷靜一點！沉住氣！」

耳邊雖然響起琴里的制止聲，但是士道已經無法壓抑自己的怒氣了。

他以尖銳視線瞪向美九，發出低鳴般的聲音。

「只因為她……喜歡妳……？」

「是的，不只是她，大家都很喜歡我喔～她們都會乖乖聽我的話～」

「是嗎……」

士道緩緩抬起頭來。

「——不過我……討厭妳。」
「……哎呀？」
美九的眉毛抽動了一下。
「傲慢、無禮、俗不可耐！大家都喜歡妳？哈！」
舉起右手，士道用手指指向美九。
「如果全世界每個人都肯定妳……那麼我將會更加倍地——否定妳、否定妳的行為……！」
士道說完後的數秒內，美九有些不知所措地瞪大眼睛，最後才用手抵住下巴瞇細眼睛。
「……哦，討厭嗎～」
說完後，嘴角扭曲成恐怖的微笑。
「被妳這麼一說，我更想要得到妳了。我想要欺負士織，直到士織哭得一塌糊塗並且說出『我最喜歡妳了』這句話為止。呵呵呵～『我討厭妳』這句話，不知道士織還能說多久呢？」
「……我說過了。我是不會成為妳的人的。」
士道如此回答，美九卻變得更加高興，臉上浮現一個天真無邪的笑容。
「不過～妳想封印我的靈力，對吧？」

「…………」

沒錯。這正是士道的弱點。儘管感情用事地將美九痛罵一頓，但是如果不能封印美九的力量，最後還是解決不了任何問題。

或許是從表情看穿士道的想法，美九在露出笑容的同時，像是想到了什麼主意似地「啪！」地拍了拍手。

「對了……那麼，我們來一決勝負吧？」

「勝負……？」

「是的。士織想要封印我的靈力，我想要得到士織。但是雙方都不願意接受對方的要求——再這樣繼續爭論下去，不就像兩條平行線一樣永遠不會產生任何交集嗎？」

「…………」

將士道的沉默不語當成一種回答，於是美九繼續說道：

「所以呀——我們來一決勝負吧～這個嘛……既然機會難得，只要你們來禪高中在這次的天央祭中獲得第一天的冠軍，我就讓妳封印靈力。妳覺得這個提議如何？」

「什麼……？天央祭……？」

「是的～怎麼樣呀？妳不覺得很有趣嗎？」

「呃……那麼，如果龍膽寺獲勝的話……？」

聽見士道提出疑問之後，美九呵呵一聲，臉上浮現一個可愛的微笑。

「到時候士織，還有被士織封印靈力的那五名精靈，全部都要成為我的人。」

「什……妳怎麼可以擅自……！我怎麼可能會答應那種──」

士道突然屏住呼吸──此時，士道因為察覺到另一個疑問而皺起眉頭。

「等一下，為什麼……要選第一天呢？」

士道如此問道。然後，美九莞爾一笑。

「那種事情還需要問嗎？只要在第一天獲得勝利，那麼接下來的第二天、第三天，我就可以跟精靈們一起享受天央祭了呀，而且──」

停頓了一下之後，美九繼續說道：

「──我記得第一天的舞台是以與音樂相關的表演節目為主吶。」

聽見這句話，士道感覺到有股涼意在胃底擴散開來。

「……！難道妳──」

看見士道的反應，美九笑得更加燦爛並且繼續說道：

「是的。原本我是不打算在眾人面前露臉的，但是為了精靈，我就破例一次吧──我會站上第一天的舞台。」

「什……！」

士道屏住呼吸。要打敗常勝軍龍膽寺已經相當不容易了，更何況這位從來沒在任何媒體現身的神祕偶像要在那種地方登台演出，一定會造成一場轟動吧。就連平常不會來參觀天央祭的美九的粉絲們，也會蜂擁而來吧。

如此一來──龍膽寺必定會在舞台部門方面穩穩奪下冠軍吧。

「呵呵呵，對了，既然機會難得，我們乾脆來一場直接對決吧？士織也上台表演點什麼吧？」

「妳……妳說什麼……那種條件，對妳也太有利了吧！」

「是嗎～我不這麼認為耶。對我而言，『與妳一決勝負』這件事情已經是我最大的讓步了呀。雖然我想要士織，但是就算身邊沒有妳也無所謂呀～相反的──對妳而言呢？」

「嗚……」

士道不甘心地低聲嘟囔。

簡單來說，美九的意思是──如果想封印我的靈力，就得接受這場對妳相當不利的比賽。

「好了，妳打算怎麼辦呢？」

美九笑咪咪地問道。

士道只好點頭答應。

第三章 Edit Time

「……所以？你有什麼要辯解的嗎，士道？」

晚上，從美九家裡走出來的瞬間，士道就被〈佛拉克西納斯〉的傳送裝置傳回艦上，接著立刻被帶到會議室。而在會議室裡等待自己的，是比平常更加專橫跋扈、面露不悅神情的妹妹大人。

「……我感到非常抱歉。」

維持士織裝扮直接跪坐在地面，臉上布滿汗水的士道低聲說道。

順帶一提，士道現在被迫跪坐在設置於會議室裡圓桌的正中央，同時被坐在四周的船員們注視著……該怎麼說呢？簡直就像是以被告身分出席法庭似的。

「我說過了吧？叫你要沉住氣。在需要提高精靈好感度的關鍵時刻，居然還告訴對方『我討厭妳』？『我要否定妳』？你還真是愛講什麼就講什麼呀！」

「但……但是……那樣很奇怪呀！那個傢伙根本不把人命放在眼裡！不……應該說，只要利用那個『聲音』，大家就會喜歡上美九，所以美九的周圍一定沒有人告訴她什麼事情是不能做的。既然如此，我——」

「但是你也沒有必要說出口吧。至少不應該在那個時間點說出來。」

「嗚嗚……」

被琴里直接指出錯誤，士道啞口無言。

「誘宵美九的價值觀確實是不正常。等到封印以後，有必要對她進行全面性的教育……但是，正因為如此，我們才更要儘快封印她的靈力才行呀！為什麼要做出這種搧風點火的行為呢？你這個變態女裝癖男子。」

「……不對吧，我會穿成這個樣子完全是妳的錯吧？」

士道即使對於這項過於不合理的責罵提出抗議，但是琴里依舊表現出毫不在乎的樣子。雖然有點令人難以接受，不過現在這件事情並不重要，於是士道繼續說道：

「話說回來，講了那麼多，美九的好感度與心情數據又是如何呢？至少我沒有從耳麥聽到警報聲喔！」

對於士道的反駁，琴里嗤之以鼻。

「的確，美九的好感度與心情都尚未降低到那個程度。雖然對於自己遭到否定這件事感到驚訝而暫時出現了不安定的狀態，但是之後又恢復原狀了。」

「妳看吧！所以——」

「是的。沒有任何問題——只要士道能在舞台上贏過誘宵美九的話。」

「……呃啊！」

正打算展開反擊而抬起頭來的士道，再次沮喪地低下頭來。

看見士道的模樣，琴里吐出不知道是第幾次的嘆息聲之後，改變雙腳的姿勢。

「——總而言之，既然答應要比賽，那也沒辦法了。執行委員的雜務就交給我們想辦法處理。為了能站上舞台表演，士道明天找時間去跟表演者交涉一下吧。」

「你……你們願意幫我嗎？」

「當然呀。你以為〈拉塔托斯克〉是為了什麼目的而存在的？既然情況演變至此，當然要全力以赴，一舉獲得勝利！你們聽懂了嗎？」

「遵命！」

琴里抱起雙臂同時如此說道。接著，周圍的船員們整齊的回答聲響遍整個會議室。

「話雖如此，這次的對手可是人氣偶像誘宵美九。她可不是輕而易舉就能打倒的對象呀。士道的學校在第一天的舞台上，打算表演什麼節目？」

「咦？這個嘛……」

被琴里這麼一問，士道努力回憶。記得亞衣、麻衣、美衣三人曾說過她們有參加舞台表演。

「我記得是……樂團演奏。」

「樂團……嗎？哦，還不錯嘛。是你擅長的領域。」

「咦？」

不明白琴里所說的話，士道歪了歪頭。接下來，琴里操作手邊的控制台，讓設置在房間裡的大型螢幕開始播放某段影像。

「噫……！」

看見那段影像，士道的喉嚨不禁一陣痙攣。

顯示在螢幕上的是士道的房間。還是國中生的士道坐在床上彈著中古吉他。彈奏技巧稱不上高明，但是也沒彈得多差。應該說以國中生的水準來說，士道算是相當厲害了。

不過，接下來才是問題所在。士道完全沉浸在自己的世界中，和著自己創作的拙劣旋律，開始哼唱自創歌詞。

沒錯。國中時期正處於思春期的士道，曾經有過一段時間扮演著「能了解我心情的人只有這把吉他而已……」這種有點憂鬱氣質的男子。當然，在士道面臨入學考試之際，突然覺得這種行為相當可恥，所以就將這段過去封印了起來。

「好不容易磨練出來的技巧……噗……終於可以派上用場了……咕咕……！」

琴里的肩膀微微顫抖，在拚命忍笑的同時如此說道。仔細一看，其他船員們也別過臉去不斷顫抖著身體。

「等——為……為什麼會有這段影像……！」

「哎，我想說總有一天可以派上用場……所以……噗噗！」

此時，影像裡的士道唱到副歌部分。突然從原地站起身來，開始大動作地撥弄吉他。「噗哈！」琴里終於忍不住地放聲大笑。

「住……住手住手住手啊啊啊啊啊！」

就在士道抱著頭大叫出聲的時候，這段演奏突然停了下來。

原本以為終於從地獄解脫了，但是在看向螢幕之後，發現再次坐回床上的士道面向空無一人的空間，彷彿在接受訪問一般自言自語地說起話來。

「是的，因為我不擅長說話……所以只能藉由吉他來傳達意思。我不是在『彈奏』。對我而言，那比較像是在跟這個傢伙『交談』……」

「等等，快點關掉影像啊啊啊啊啊啊！」

直到全身起雞皮疙瘩的士道淚眼汪汪地如此哭訴之後，影像才終於被中斷。

經過幾秒之後，「啪嘰！」調整好呼吸的琴里彈了一個響指。

「哎，總比完全沒經驗的菜鳥還要好——當然，我會幫你安排一位技術高超的指導老師喲。從今天開始到天央祭當天，你要有所覺悟！我會好好磨練你直到即使閉上眼睛睡覺也能演奏歌曲的程度！還有——幹本。」

緊接著，坐在左方位置上的〈社長〉幹本開始操作手邊的控制台。

「是！現在立即準備最好的器材！」

琴里輕輕點頭，接著再次將視線移回士道身上。

「那麼，曲目是什麼呢？」

琴里以沉穩的語氣如此問道。士道在腦海中不斷複誦激勵自己的話語，努力站直身體之後開口說道：

「……不，我也不太清楚……應該是翻唱吧？」

「不夠吸引人——箕輪！」

這一次換成坐在右方的〈保護觀察處分〉箕輪開始操作控制台。

「現在立刻委託專家進行創作，並且舉辦甄選會來挑選演奏曲。」

琴里聽完箕輪的發言之後點了點頭，再次向士道提出疑問。

「那麼，你對敵軍的情況了解多少呢？」

「這個……我不太清楚。」

「是嗎——椎崎！」

與幹本、箕輪一樣，〈詛咒娃娃〉椎崎也開始行動了。

「將會派遣間諜潛入龍膽寺女子學院，收集當天表演內容的情報。要對她們進行妨礙嗎？」

聽見椎崎的危險發言，琴里低聲嘟囔了幾聲。不過，隨即搖了搖頭。

「這麼做或許能提高獲勝機率，但是在那之前會先惹怒美九喲。最理想的獲勝方式是讓美九使出全部實力，不過還是略遜我們一籌這樣的發展。雖然要以讓我們獲勝為首要條件，但是也得讓對方輸得心甘情願才行呀。」

琴里就這樣接二連三地下達指令。士道有點錯愕地看著〈拉塔托斯克〉成員們之間的交談。

「總覺得……好厲害呀。」

「我說過了吧。我們會盡全力獲得勝利。對手可是現役偶像喔，這種程度的事前準備根本不算什麼。誰教某人輕率地跟對方訂下約定，所以也只能這麼做了。」

「嗚……我……我知道我做錯了。」

「哼，算了。那個時候確實沒有其他更好的方法。而且——」

「啵！」琴里把加倍佳從嘴裡拿出來，接著將視線移到一旁。

「當士道痛罵美九的時候……讓人覺得……有點爽快呢。」

「咦……？」

琴里揮了手，再次把加倍佳放進嘴裡。

◇

「……妳們是認真的嗎？」

以低沉聲音說話，燎子瞪著並列坐在眼前的一群人。

陸上自衛隊天宮駐屯基地的會議室裡，現在大約有二十幾個人聚集在此。

坐在燎子身邊的是原本的ＡＳＴ隊員們。而並列坐在對面的，是在前幾天以ＡＳＴ遞補人員的身分調派過來，隸屬於ＤＥＭ公司的派遣職員們。

坐在派遣職員一行人正中央的潔西卡揚起嘴角。

「當然。如果妳不相信的話，我可以出示附有高層簽名的文件喔。」

「那麼我換個問題——妳們瘋了嗎？」

面對燎子的無禮質問，潔西卡似乎打從心底感到愉悅似地，臉上笑意變得更深了。

燎子的臉扭曲成不悅神情，將視線落在放置手邊的命令書。

上頭寫著一項令人難以置信的作戰內容。

——捕捉精靈〈公主〉的作戰計畫。

由於現在確認了就讀於都立來禪高中的少女——夜刀神十香的真實身分是一名精靈，因此要將她捉起來。

不過，這些都還在燎子的理解範圍之內。以前就聽說過這位名叫夜刀神十香的少女與精靈

〈公主〉長得非常相像，所以如果偵測到靈波反應的話，確實不能放任不管。

「我可以退讓一百步，對這幾點表示同意。即使是我們，也不會對『精靈到學校上課』這種危險情況坐視不管。」

說完以後，燎子用手敲了敲文件。

「不過，這是什麼？」

「妳的意思是？」

「不要再裝傻了——為什麼捕捉對象的名單裡，會出現普通人類的名字呢？」

沒錯，除了身分可能是〈公主〉的那名少女之外，文件裡還記載著另一名捕捉對象。

五河士道。詳細內容——機密。

「意思是這名少年也是精靈嗎……？」

「有關他的詳細內容是祕密喲。不過，我只能告訴妳，他是非常重要的目標。」

「我說妳們呀……」

「換過說法好了，妳沒有了解這件事情的權力。」

「唔……」

燎子瞪視著以斬釘截鐵語氣說出這句話的潔西卡，故意用潔西卡也聽得到的音量咂舌一聲，然後看了下一條重要事項一眼。

「那這又是什麼？執行作戰日，九月二十三日禮拜六。地點是天宮廣場天央祭會場……！你們到底在想什麼！顯現裝置是未公開的祕密技術吧！怎麼能在眾目睽睽之下——不，更重要的是，妳們居然打算在這種人來人往的地方與精靈大幹一架？妳們真的明白自己在胡說此什麼嗎！」

燎子發出接近於慘叫的怒吼聲。問題不僅僅只有捕捉對象而已。

那一天，天央祭會場恐怕會成為天宮市中聚集最多人潮的地方。但是ＡＳＴ卻要闖進那種地方，在眾人面前捕捉夜刀神十香與五河士道。

而且執行部隊皆是由ＤＥＭ派遣職員組成，像燎子這些原本就隸屬於ＡＳＴ的隊員們則是被安排負責周圍的警戒、情報管理等後勤工作，根本無法接近現場。如此一來，燎子根本無法阻止她們在現場的失控舉動。

「我完全不明白！到底為什麼要這麼做……！」

不過，態度與激動的燎子完全相反，潔西卡冷靜地嘆了一口氣。

「這可是一場慶典喔。其目的是向我們親愛的敵人打招呼——所以即使有點冒險，我們也必須辦得熱熱鬧鬧的才行啊。」

「啊……？敵人？打招呼？妳在說什麼……」

沒有聽完燎子的話，潔西卡露出一抹冷笑並且站起身來。

「就算妳不同意也沒關係。如果對於作戰計畫有意見的話，就向上級申訴吧。要是這項計畫

真的被撤回，我們也會乖乖聽從命令。」

就在燎子出聲制止的同時，潔西卡突然停下腳步——不過，很快就能發現潔西卡並不是因為聽從燎子的話所以才做出這個舉動。因為潔西卡像是想起某件事情一般轉過頭來。

「——對了對了，我忘了說一件事。不能讓鳶一折紙上士知道這次的作戰喲。」

「折紙？為什麼？她可是AST的重要戰力，為什麼要特地將她排除在外——」

「聽說在這次的作戰中，她很有可能會妨礙我們的任務。而且，反正妳們這些元老隊員也不用參加實戰呀。所以應該不會有影響吧？」

「我不記得妳有插手我們編制的權利！」

「妳不要誤會了。這並不是我的個人意見，而是來自上級的命令——那麼，再見了。」

說完後，潔西卡走出房間。其他DEM職員也跟著走出去。

「咕……！到底是怎麼回事……！」

燎子將不甘心與無力感握進拳頭，接著一口氣捶在桌子上。

此時，原本放置在桌面上的文件當場飄了起來，其中幾張紙飄落到地面上。

然後——就在這個時候……

視線落在寫有「五河士道」這個名字的文件上，「……嗯？」燎子皺起眉頭。

「……這麼說來，我好像在哪裡聽過『士道』這個名字……」

說完這句話，燎子想起剛剛潔西卡所說的話。

「禁止……折紙參加作戰——意思是……啊！」

燎子瞪大眼睛。

五河士道。那是，折紙曾經提過的「戀人」的名字。

「吶，五河。戀愛……真的是種很美好的東西吧？」

與美九訂下約定之後，經過了一個晚上。現在是九月十三日的放學時間。

與十香命名的暱稱一樣，殿町的臉上浮現猶如吃下某種糟糕毒品的恍惚表情，突然說出這句話。士道則是深深嘆了一口氣，同時回答道：

「……你突然在說什麼呀？」

不過，殿町對士道不耐煩的表情視若無睹，興奮地繼續說道：

「我……好像遇見命運中的另一半了。」

「啥，你又在哪裡遇見可愛女孩子了嗎？」

「沒錯，在前天放學後，我遇見一位完全符合我喜好的女孩。」

「哦？」

「在男生廁所裡。」

「噗……！」

聽見殿町的話，士道不禁咳了起來。不過殿町卻將這個反應誤會成另一種意思，抱起雙臂露出意料之中的表情點了點頭。

「我能夠理解你為什麼會有這種反應。不過我說的是真的，她真的躲在男生廁所裡等我。」

「才不是在等你！」

「嗯啊，一定是這樣沒錯。因為那個女生知道我的名字喔。」

「不，這樣也不代表……」

士道搔了搔頭。殿町則是表現出完全不在意的樣子，繼續激動地說道：

「這就是命運的安排。因為她想與我單獨相處，所以才會做出埋伏在位於校舍深處、幾乎沒有人會出現的廁所裡等我這種事。那個時候應該問一下她的名字才對……」

「……啊……是喔，這樣啊……」

「啊～什麼嘛！你那是什麼反應。你還是認為我在說謊嗎？我說的是真的。身高跟你差不多高、體格也跟你差不多……雖然是初次見面，感覺卻像相處了很久一段時間似的，讓人感到相當安心——沒錯沒錯，就跟五河你給我的感覺一樣。」

「…………」

這傢伙其實已經發現了吧？這個念頭在士道腦海中一閃而過，但是看見殿町如此高興的反應，怎麼想都覺得不可能。

話說回來，自己也沒空再跟殿町繼續瞎扯下去。士道從座位上站起身來。

「啊？你要去哪裡？」

「要去做你推薦由我擔任的執行委員工作啦！你這混帳東西！」

聽見士道的話，殿町發出「啊哈哈哈」的尷尬笑聲。

「對不起啦。不過，你就期待吧。今年大家可是認真的，一定會讓你站上領獎台的！」

「好的好的，我會滿懷期待的。」

士道一邊說話一邊走出教室，從置物櫃取出裝有替換衣服的包包。接下來又要變身為士織模式，去跟預定要登台表演的演出者們進行交涉。

不過，士道卻在走廊停下了腳步。因為士道遇到了一個大問題。

「……我該去哪裡換上這套衣服呢？」

「去昨天的廁所換衣服不就行了？」

聽見士道的低聲呢喃，琴里如此回答。

「不行，結果昨天還不是被人看見了……」

「那麼，你乾脆直接進去女生廁所裡面換衣服吧？」

「……那樣不是更糟糕嗎？」

「你在說什麼呀。現在的問題是從洗手間的隔間走出來時，無法得知外面有沒有人在吧？如果是女生廁所的話，只要在進去時提高警覺就行了呀。」

「不，重點不是那個……」

「好了，動作加快。不然我就不准你在裙子裡穿短褲喔。」

「……知道了。」

那是士道拚命哀求後所得到的最後防線，怎麼能在現在又被剝奪。士道心不甘情不願地走向女生廁所。

「應該……沒有人吧？」

士道窺探位於校舍最裡面的女生廁所的情形，在確認沒有任何聲音之後，走進廁所裡。

然後，就在這一瞬間，「砰！砰！砰！」三間隔間廁所的門依序被打開來。

「哎呀～得救了。」

「原本還認為幹麼在這種地方設置廁所，原來是有其用處的呀！」

「差一點就要成為狂熱分子愛好的女高中生了呀。」

就這樣，一臉舒暢的亞衣、麻衣、美衣三位女生從裡面走出來。接下來，再次依照順序發出「嗯？」「嗯？」「嗯？」三聲，然後將視線投在已經嚴重侵犯我方領土的男學生身上。

士道慌慌張張地逃離現場。此時，從背後傳來駭人的怒罵聲。

「嗚呀啊啊啊啊！」

「有……有變態啊啊啊！」

「狂熱分子啊啊啊！」

「啊啊，為什麼偏偏選在我要進廁所時……！」

士道露出一臉泫然欲泣的表情在走廊上奔跑著。

……結果，最後還是回到〈佛拉克西納斯〉換衣服。

因為沒有早點發現這個最單純的解決方法而感到哀傷，但是再怎麼後悔也無濟於事。士道拍了拍臉頰，重新振作起精神。

已經變身為士織模式的士道，為了讓自己在第一天可以登台表演，現在來到位於四樓的音樂教室前方。據說亞衣、麻衣、美衣她們都在這裡進行樂團練習。

話說回來，包含亞衣、麻衣、美衣在內的成員們，在這之前應該已經練習過無數次了吧。現在才要拜託她們讓士道也加入樂團，應該不會輕易答應。

就在士道思考這些事情的時候，突然有人從背後用力抓住了自己的雙肩。

「我終於找到你了，士道。你到底跑到哪裡去了？」

「我不會再放你走了。」

「十香……還有折紙？為……為什麼妳們會在這裡……」

士道驚訝地瞪大眼睛同時如此說道。沒錯，將手搭在士道肩膀上的，就是應該待在教室裡的十香與折紙。

「嗯。因為士道突然不見了，所以我出來找你。我很擔心你會不會是被鳶一折紙綁架了。」

「我還以為夜刀十香對你做了什麼事，還好你平安無事。」

說完後，兩人互看了一眼，「哼！」又把頭轉向一旁。

看見兩人的模樣，士道露出一個無奈的笑容……就在此時，「嗯？」士道歪了歪頭。

位於眼前的音樂教室，門的另一側在響起一陣猶如胡亂彈奏樂器的聲音之後，又傳來像是在爭吵般的聲音。

「怎麼了……？」

士道輕輕地把十香與折紙的手從肩膀上放下來，接著靠近門邊窺探裡面的情況。

就在這一瞬間，門突然被人用力打開，重重撞上了士道的鼻樑。

「好痛……！」

「什麼嘛！那就隨妳們高興吧！」

「沒錯，都跟我們沒關係了！」

不過，粗魯開門的凶手似乎完全沒發現士道的存在。兩名陌生的女學生怒氣沖沖地大吼大叫，踏著重重步伐走下樓。

「士……士道，你沒事吧！」

愣了一會兒之後，十香一臉擔心地靠到士道身邊。即使眼角有點泛淚，士道還是說了一句：

「我沒事……」並且揮了揮手。

就在此時，從音樂教室的方向再次傳來對話聲。

「哼，混帳！我們不需要沒有幹勁的傢伙！」

「亞衣真是的……接下來該怎麼辦呀？現在只剩下我們三人而已耶！」

「先不管樂器方面的問題，缺少主唱可是個嚴重的問題吶——呃，嗯？」

站在音樂教室前的士道、十香、折紙的身影映入眼簾，美衣挑起眉毛。

下一瞬間，這個情報也傳遞到亞衣、麻衣眼裡——

「抓住她們！」

大叫一聲之後，三人就朝著士道他們撲過來。

「原～來如此……在我們不知情的時候，情況居然發展成這個樣子呀……」

像是落枕一樣地歪著頭，亞衣低聲嘟囔。

順帶一提，亞衣現在雖然歪著頭，但是絕對沒有瞧不起士道他們的意思。純粹只是因為剛才亞衣飛撲過來的時候，挨了折紙一記招式華麗的關節技之故。

現在待在音樂教室裡的，只有亞衣、麻衣、美衣，還有士道、十香、折紙六個人而已。

士道先告知自己的來意——希望參加樂團登台表演，接著一邊巧妙地隱瞞重要事宜，一邊說明誘宵美九向自己下戰帖的經過。

「好，我們也不是沒人性的魔鬼。為了保護士織的貞操，我們必定會傾力相助！」

「砰！」亞衣拍了拍胸脯。或許是這波振動傳到了脖子，「嗚呀啊啊！」亞衣突然淚眼汪汪地發出猶如珍奇異獸般的呻吟聲。

「又～再說那種話，因為人手不足而感到困擾的人明明是我們呀。」

「有什麼關係嘛。追加三名成員！這樣應該能順利上台表演了。」

「咦？」

聽見美衣的話，士道不禁歪了歪頭。

「啊，不，十香……同學與折紙同學只是陪我來……」

「是嗎？看起來不像呀……」

麻衣指向士道後方。在那裡，折紙與十香已經開始挑選樂器了。

「那……那個……妳們兩個傢伙。不對，是妳們兩位……」

士道一邊苦笑一邊說道。於是，兩人朝士道點點頭。

「雖然不知道發生什麼事，不過一定得贏得這次的勝利。」

「嗯，交給我吧！」

兩人異口同聲地說完話之後，互看了對方一眼，又哼的一聲把臉別到一旁。

「好了好了，妳們兩人要好好相處呀！」

「沒錯沒錯，一起打倒龍膽寺吧。」

「也為了保護士織！」

聽見亞衣、麻衣、美衣的話，兩人只好勉為情難地接受這種說法。看見這個情形，士道不禁鬆了一口氣。

雖不清楚折紙與十香的演奏技巧如何，但在練習或正式表演時，兩人如果在士道看不見的地方起衝突，也是讓人很傷腦筋的一件事。所以她們能夠一起參加樂團，士道也感到安心不少。

「不過，現在執行委員全都來參與這項活動，這樣真的可以嗎？」

麻衣用手指抵住下巴如此說道。士道說了一句「可以的」並且點點頭。

「不用擔心那個。我已經拜託朋友幫忙了。」

「是嗎？嗯……那好吧。」

回答得相當乾脆……身為執行委員，理論上應該稍微對這件事情表示擔憂才對。但是萬一對方繼續追究，自己也不能說出〈拉塔托斯克〉的事情，所以士道最後還是決定保持沉默。

「那麼……我們快點來練習吧。士織妳們會演奏什麼樂器？」

然後，亞衣突然看向士道。

「我是貝斯手、麻衣是鍵盤手，然後美衣是鼓手。」

「是的……那個，我稍微會一點……………………………吉……吉他。」

當然不能在這裡將吉他稱為「那個傢伙」。不過光是要說出這句話，士道就覺得自己消耗了許多卡路里。如果把這個方法當成最新減肥法並且寫成書的話，說不定會暢銷。

聽見士道的話之後，「哦哦！」三位女生的眼神立刻閃閃發光。

「很好、很好，吉他少女。」

「好帥呀！妳就當吉他手吧！」

「那麼，剩下兩人呢？」

美衣詢問十香與折紙。於是，折紙毫不猶豫地回開口說道：

「吉他，和士織一樣。」

「哦～鳶一同學也有學過嗎？」

折紙搖了搖頭。

「只要給我一天的時間，我就能學會。」

「是……是嗎……」

聽似荒唐的宣言，但是由折紙口中說出來卻相當具有說服力。亞衣搔了搔臉頰。

接下來，十香用閃閃發光的眼睛看向亞衣、麻衣、美衣並且提出問題。

「那麼我要彈什麼樂器！」

「這個嘛，妳有學過什麼樂器嗎？」

「沒有！」

「呃……那妳有喜歡的歌手嗎？」

「沒有！」

「嗯……那麼……」

「沒有！」

十香以活潑開朗的語氣如此回答。最後甚至在別人問完問題之前就搶先回答了。

三人聚在一起稍微討論一下之後，從音樂教室的最裡面拉出一個小箱子。

接下來，以沉痛的語氣開口說道：

「十香……我們決定將這個託付給妳。」

「這是常人無法操控、傳說中的樂器喔。」

「不過，我相信十香應該辦得到。妳願意收下嗎……？」

看見三人神祕兮兮的模樣，十香不禁嚥下一口口水。

「嗯……好。」

十香點點頭。於是，三人打開紙箱。彷彿看見從裡面射出刺眼光芒似的……

「就是這個……」

說完後，亞衣從箱子裡取出樂器交給十香。圓形骨架周圍連接著好幾個小小的圓形金屬片，那個形狀——不管怎麼看都只是個鈴鼓而已。

「這……這就是……傳說中的樂器……」

不過十香卻一臉驚恐地顫抖著雙手，小心翼翼地揮動拿在手裡的鈴鼓。「鈴！」響起一陣悅耳聲音。

「哦……哦哦……！」

就在十香的眼睛變得閃閃發光的同時，亞衣、麻衣、美衣故做驚訝。

「沒……沒想到妳才剛拿到而已，就能讓它發出聲音……！」

「不愧是十香呀！妳一定可以熟練操控這項樂器！」

「天堂之門已經開啟！樂聖就此誕生！」

三人說著相當敷衍的話語。但是，十香似乎感到相當滿足。接著「鈴鈴！」開始高興地搖動鈴鼓。

然後亞衣、麻衣、美衣回過頭來，將視線從十香轉移到士道身上。

「——那麼，每個人負責的樂器就這樣決定了。」

「妳們應該沒有帶吉他過來吧？所以明天才能正式開始練習。不過……」

「在那之前，必須先決定一件事情。」

「意思是……？」

聽見士道的疑問，三人尷尬地搔了搔臉頰。

「嗯……簡單來說就是要決定由誰來擔任主唱啦。」

「事實上，我們三人都不擅長唱歌……」

「再加上對手是誘宵美九，情況對我們更加不利了。」

「唉！」嘆了一口氣。緊接著，美衣開口說道：

「大致上來說，一般樂團的主唱都是由吉他手或貝斯手兼任吧？亞衣妳來唱啦！妳可以在演唱現場故意跌一大跤，露出橫條紋小褲褲呀！」

「什麼！妳不要擅自決定啦！就算是鍵盤手也可以唱歌呀！麻衣妳來當主唱啦！一切都結束了！妳的背影離我越來越遙遠！（註：日本歌手小田和正所創作的歌曲——《再見》的歌詞。）」

「嘖！照妳的說法，鼓手也可以擔任主唱呀。都能戴著眼鏡打鼓了，為什麼美衣不能唱歌嘛！Romantic都停歇了嘛！（註：用日本樂團C-C-B的歌曲《無法停歇的Romantic》來吐槽。）」

三個人妳一言我一語地開始爭吵起來。

「好……好了好了，冷靜下來……」

就在此時，士道突然想起一件事。

「對了……說到主唱……」

他將手探進制服口袋，取出今天早上琴里交給自己的ＣＤ。

接著將ＣＤ放進擺放在房間牆邊的音樂播放器裡，然後直接按下播放按鍵。

擴音器立即傳出熱鬧樂曲——「嗯？」亞衣、麻衣、美衣停止爭吵，同時轉頭看向這裡。

「這是……誰的歌？雖然沒有歌詞，但是聽起來很酷嘛！」

「呃……其實我有親戚從事音樂方面的工作。所以，他提供給我這首未發表的歌……」

士道隨便編了一個理由，亞衣、麻衣、美衣立刻露出表情開朗了起來。

「真的嗎！這麼好！」

「咦？意思是我們可以演奏這首歌？」

「那麼就由士織妳來唱這首歌吧！」

「咦？這個嘛……」

就在士道支支吾吾說不出話來、頭腦一片茫然之際，舞台就已經被整理好了。十香與折紙也趁機動作迅速地坐在士道面前，並且進入了觀眾模式。

「好，開始播放音樂！」

「咦，啊，等一下！」

不理會士道的制止聲，麻衣按下播放鍵。士道慌慌張張地從口袋裡拿出歌詞卡，遲疑了一會兒之後開始唱歌。

——接下來，大約經過五分鐘之後……

「哦哦！」

「…………」

十香不斷拍著手；折紙則是不發一語地點點頭。順帶一提，不知何時開始，折紙的手上突然多了一個錄音器。

但是相對於兩個人的反應，亞衣、麻衣、美衣露出困擾表情低聲呢喃道：

「嗯……」

「不算……難聽。」

「但是也稱不上……好聽。」

聽見這種十分中肯的評價，士道不自覺地露出苦笑。

事實上，自己在琴里面前唱歌的時候，也獲得了相同的評語。

不過正因為如此，琴里還傳授了一項「計謀」給士道。

「那個……我這裡還有另外一個請專業歌手演唱的版本。所以我們當天也可以選擇播放那個版本……」

「那不就是……對嘴演唱嗎？」

「果然行不通吶……」

士道一邊用手搔搔臉頰一邊皺起眉頭。只有這樣做，才有可能打敗美九吧？這就是琴里託付給自己的計謀。不過，這確實不是什麼光明磊落的手段。為了登台表演而不斷練習的三人，或許會對這個方法感到不滿吧？

「不過，為了獲勝而不擇手段，妳的這份求勝心滿值得誇獎的。」

「嗯嗯。不過，當天要怎麼播放那卷ＣＤ也是個問題呀。」

「而且，要是被發現的話，應該就會立即喪失資格吧。」

亞衣、麻衣、美衣一起發出「唔～」的呻吟聲。看來似乎是在煩惱其他方面的問題。

話雖如此，找不到更好的替代方案也是不爭的事實。雖然〈拉塔托斯克〉能夠暗中提供某種程度的支援，但是如果不能讓美九輸得心服口服，也沒有任何意義。不出色的主唱將會使整個表演缺乏一份說服力。

就在大家苦惱地低聲嘟囔之際，原本坐著的折紙突然從原地站起身來。

「——士織，把音樂重新播放一次。」

「咦？」

「我不會讓妳輸給她的。」

士道露出目瞪口呆的表情。至於折紙則是迅速地走到台上，拿起麥克風。看來，她似乎打算高歌一曲。

察覺到折紙想法的士道，按照她的指令正想重新播放音樂之際——「啊！」的一聲，突然想起自己應該先將歌詞卡遞給折紙。

「折紙……同學，這個給妳。」

「不需要，我背下來了。」

「是……是嗎……」

士道一邊苦笑一邊搔了搔臉頰，乖乖地播放曲子。

——前奏結束後，折紙開始唱歌。

「咦……？」

就在這一瞬間，從後方傳來某人的細微驚呼聲。

不過，士道完全理解那個人的心情。因為和平常一樣面無表情的折紙所唱出來的歌聲——好聽到連專業歌手都自嘆弗如。

「哇……」

就在折紙完全唱完整首歌的同時，現場響起亞衣、麻衣、美衣的歡呼聲與拍手聲。

「嗚哇！這是怎樣，好厲害呀！」

「原來鳶一唱歌這麼好聽呀？」

「咦？她的實力應該完全可勝任吧！」

這三名女生突然變得很興奮。不過士道可以理解她們的心情。雖然和折紙平時的表情與舉止有很大的落差，但是即使屏除這個因素，她的歌唱實力依然遠遠優於一般人。完美的音準、充足的音量。簡直就像是在播放ＣＤ一般，完全正確無誤的歌聲。

士道吞了一口口水，朝折紙的方向往前邁進一步。

「折紙同學……拜託妳。請妳代替我接下主唱的位子吧？」

「如果這麼做能讓士織獲勝的話。」

折紙毫不猶豫地立刻答應。亞衣、麻衣、美衣一齊發出歡呼聲。

就在這個時候，有人「咚咚」地輕輕戳了戳士道的肩膀。定眼一看，表現出躍躍欲試的十香正站在眼前。

「我也想唱。我可以試試看嗎！」

「咦？啊啊，當然可以。」

做出回答之後，士道將歌詞卡遞給十香。十香似乎不像折紙那樣只聽幾次就能一字無誤地將歌詞全部背下來，所以便乖乖收下歌詞卡。

接下來，以一手拿起麥克風，另一手拿著歌詞卡與鈴鼓的狀態站到台上。

話說回來，士道好像從來沒看過十香唱歌。只有隱隱約約聽過她隨意哼唱的歌聲……所以這是士道初次看見十香在有伴奏、有歌詞的情況下唱歌。

十香也是精靈。也許比不上美九，不過說不定也擁有魅惑人心的魔性歌聲。士道在心中思考著這種可能性。

不過，等到伴奏都結束了，十香還是沒有開口唱歌。

「姆……唔？」

十香疑惑地皺起眉頭，朝士道招手。

「怎麼了？」

「唔……這個漢字該怎麼唸……？」

十香說完，以困擾的表情將歌詞卡拿給士道看。

「啊……」

總之，就先決定由折紙擔任主唱吧……大家在心裡達成了共識。

「好……好了，時間所剩無幾，我們開始練習吧！」

在亞衣的帶領之下，包含十香在內的所有人一起舉起拳頭，高聲大喊：「喔！」

同一時刻，於龍膽寺女子學院——

「吶，大家請聽我說。我決定在第一天登台表演～」

美九的話在會議室中引起一陣騷動。

「姊……姊姊大人！妳說的是真的嗎！」

「妳明明很討厭在眾人面前露臉……」

「不過，如此一來，我們一定能奪下第一天的勝利！因為姊姊大人要上台表演唱歌呀！」

並排坐在一起的女學生們露出雀躍表情，聲音而變得高亢。美九一邊呵呵微笑，一邊愉悅地看著她們的模樣。

「所以要拜託大家盡早著手準備～既然要登台，我希望能準備新衣服，器材也要頂級的～啊，還要從學生之中選出伴舞人選。」

聽見美九的話，大家開始幻想舞台的情景，紛紛露出陶醉表情將雙手交握在胸前。不過……

「等……等一下！」

一名坐在左側、戴著眼鏡的女學生突然把雙手撐在桌面上站起身來。

「是的～有什麼問題嗎？」

美九看向那個方向。戴眼鏡的學生在一瞬間膽怯地晃動了一下肩膀，但是立刻又緊握起拳頭繼續說道：

「恕我冒昧……但是如此一來，原本報名參加舞台部門的管樂隊演奏該怎麼辦呢？」

「嗯……非常遺憾，這次恐怕要請她們讓出表演機會了。哎，不過這樣也好呀。由我出場的話，龍膽寺就一定能獲勝～」

「怎……怎麼可以這樣！」

戴眼鏡的學生表情扭曲地放聲大喊。

「為了天央祭，大家一直拚命練習喔！不管怎樣，妳這麼做實在是太過分了！」

女學生的控訴立刻形成動搖的波浪，往四周擴散而去。大家都想看美九登台表演。但是她說得也有道理。

緊接著，坐在她對面的短頭髮學生畏畏縮縮地舉起手。

「請……請問，如果姊姊大人要參加舞台的準備工作，那麼其他部門該怎麼辦……」

「去年不是也獲勝了嗎？只要按照去年的方式去做就不會有問題了～」

美九這麼說，這次連坐在隔壁的學生也開口表示意見：

「非常抱歉……但是我們已經沒有多餘的預算可以訂製姊姊大人的新衣服，以及舞台專用的器材……」

因為她們的發言，整個會議室變得越來越吵鬧。

美九無奈地嘆了一口氣，瞇起眼睛開口說道：

【好了，乖乖照我所說的去做。】

——於是，原本一片嘈雜的會議室突然在一瞬間變得鴉雀無聲。

「那麼，一切就拜託妳們囉？沒問題的，我會想辦法解決所有問題～」

美九以緩慢的語氣如此說道。接下來，全部的學生一齊回答：「是的，姊姊大人。」

◇

九月二十二日，鳶一折紙來到駐屯基地進行機體維修。

儘管天央祭即將在明天開幕，但是身為AST隊員，對於這些例行公事依然不能輕忽懈怠。

大致確認完機體能夠正常運作之後，折紙脫掉西裝外套換上工作服，一邊對排列在飛機庫裡的CR-Unit進行確認，一邊核對手中終端機所顯示出來的項目。

「…………」

在進行這項作業的途中，折紙突然感受到不對勁，微微皺眉。

飛機庫裡，除了折紙以外還能見到其他AST實戰人員與維修人員的身影。但是從她們身上所散發出來的氛圍，感覺與平常不太一樣。應該說她們身上似乎多了幾分……緊張感？導致於整個飛機庫都充斥著異常的壓迫感。

「…………」

折紙不發一語地陷入沉思……但是依舊沒有最近有下達作戰行動指令的印象。為了小心起見，折紙試著利用終端機進行確認，結果還是一樣。

就在此時，左方傳來一陣「啪躂啪躂」的腳步聲。

往那個方向看過去，一名戴著眼鏡、金髮碧眼的少女手裡抱著零件，正以小跑步的速度移動著，身上過於寬鬆的白色長袍隨著她的動作不停飄動——她就是AST的維修主任，米爾德蕾德·F·藤村中士，暱稱小米。

來得正好。折紙抓準小米經過自己面前的時機，伸手抓住她的脖子。

「呀啊！」

預料之外的衝擊，讓小米發出猶如小貓似的慘叫聲。比折紙更加豐滿的胸部，在比折紙更為嬌小的身體前方晃動起來。

「妳……妳在幹什麼呀！如果小米的頸椎受傷的話，妳擔當得起這個責任嗎！」

「米爾德蕾德，我有事情要問妳。」

折紙以平靜的語氣如此說道。此時，小米才終於察覺到犯人就是折紙，半瞇起眼睛，鼓起臉頰表達憤怒。

「折紙對待小米的方式令人感到相當不滿！小米要求立即改善！」

「我會妥善處理。」

聽見折紙的簡短回答之後，小米像是放棄似地嘆了一口氣。

「……所以，有什麼事嗎？小米現在很忙。」

「最近有什麼特殊作戰計畫嗎？」

折紙提出疑問。然後，小米驚訝地瞪大眼睛。

「妳在說什麼呀，折紙？大家當然是在為明天的作戰而做準備呀。」

「明天？」

折紙以疑惑的語氣如此說道。小米說了一句「沒錯」之後，點了點頭。

「我完全不知情。明天到底有什麼作戰計畫？」

「咦？真的嗎？啊！難道是忘了聯絡妳？燎子也真是的，每次都愛批評別人，自己卻在這種關鍵時刻出錯！」

「告訴我，到底發生什麼事。」

「好的好的，明天——」

不過，小米卻突然停止說話——正確來說，是突然在背後現身的潔西卡輕輕按住她的嘴巴，中斷她的發言。

「Stop，維修主任大人，接下來內容屬於機密情報喔。」

「咦？妳說什麼？」

小米驚訝地大叫出聲，但是當潔西卡在耳邊低語幾句之後，漸漸露出為難的表情。

「……唔，對不起。折紙似乎沒有獲知這件事情的權限。」

「這句話是什麼意思？」

折紙倏地眯起眼睛；潔西卡佯裝成不知情的樣子聳肩。

「呵呵，就是妳聽到的那個意思。不要露出那麼恐怖的表情嘛！有意見的話，儘管去跟上級抱怨吧。」

說完這些話，潔西卡便轉身離開。小米也滿臉歉意地抱著零件跑走了。

到底發生什麼事了？折紙環顧還留在飛機庫裡的ＡＳＴ人員。

不過，所有人在與折紙四目相交的瞬間便立刻挪開視線，不自然地重新進行手邊的作業。

「…………」

相當令人不解且厭煩的氣氛。折紙不悅地從鼻間呼出一口氣，動作迅速地完成工作之後離開了飛機庫。

今天的工作就到此結束。雖然心裡還有許多疑惑，但是既然被告知自己沒有得知情報的權限，那也沒辦法了。

與其一直拘泥於那個不明確的擔憂，還不如趕快換好衣服回家練歌，為明天做好準備。這個做法反而比較有意義吧。

就在折紙獨自一人打開自己的置物櫃、脫掉身上的工作服之際，背後突然傳來開門聲。

往後方瞄了一眼，發現燎子走進更衣室。

「日下部上尉。」

「…………」

但是聽見折紙聲音的燎子完全沒有做出回應，直接踏著緩慢步伐走到房間中央，背對折紙坐到長椅上，拉開拿在手中的罐裝咖啡拉環。然後燎子喝了一口咖啡，「呼啊！」發出疲憊的嘆息聲。

「…………」

隊長看起來似乎不想跟折紙對話。

理解到這一點之後，折紙沒有做出任何反應，只是默默地繼續換衣服。

不過，當折紙從衣架上取下襯衣的時候，突然從後方傳來說話聲。

「啊～啊～今天也一整天都在應付討厭的老外，真是累人吶！要是再不抱怨幾句的話，我可受不了啊～剛好更衣室裡一個人都沒有，我就來自言自語抱怨幾句了～」

「……？」

折紙皺著眉回過頭來。

要說是自言自語，聽起來也太像是進行一種說明了。應該說，就算再怎麼疲憊，燎子在進入更衣室的時候，應該就會注意到折紙的存在才對。如果燎子的注意力真的如此散漫，根本不可能勝任時常與危險相鄰的ＡＳＴ隊長一職。

不過燎子似乎完全沒察覺折紙的想法，只是面對牆壁繼續說道：

「——明天九月二十三日下午三點，第三戰鬥分隊將會突襲天宮廣場。目的是捕捉其身分被懷疑是精靈〈公主〉的少女夜刀神十香。」

「……什？」

聽見燎子將下唇貼在鋁罐邊緣所說出來的話，折紙不禁輕輕發出聲音。

第三戰鬥分隊是只由ＤＥＭ公司的派遣職員所組織而成的新部隊——她們要捕捉夜刀神十香？而且還選在明天，舉行天央祭之際？

完全不懂這麼做的用意何在。聽見燎子突然洩漏給自己的情報，折紙甚至忘了將手穿過襯衣的袖子，便往燎子的方向轉過身去。

不過，燎子的「自言自語」尚未結束。

「——以及，捕捉來禪高中二年級學生五河士道。」

「……！」

聽見燎子口中說出來的名字，折紙不禁屏住呼吸。

等到回過神來時，折紙已經抓住燎子的肩膀。

「這是怎麼回事？夜刀神十香就算了，為什麼連士道也——」

「…………」

不過，即使被人使勁搖晃肩膀，燎子還是沒有任何反應。簡直就像是把折紙當成幽靈似的。

燎子就這樣輕輕嘆了一口氣，在原地站起身來，大口喝完罐子裡剩下的咖啡，然後往大門的方向走過去。

「啊啊，明天的作戰真是麻煩呀。因為太倦怠了，『好像會不小心就忘了鎖上第二飛機庫的後門呢』。反正不會發生什麼意外事故，應該沒關係吧。」

然後……

「——拜託妳了，折紙。」

燎子留下這句話之後，走出更衣室。

「…………」

獨自一人被留在更衣室裡的折紙，呆呆地凝視著燎子離開後的大門一段時間之後——

「——……」

緊緊握起拳頭。

第四章 音樂 Enjoy the sound

「——第二十五屆天宮市高級中學聯合文化祭——天央祭，正式開始！」

裝設在天花板附近的擴音器傳來執行委員長的宣言，與此同時，各展示場立即籠罩在一片拍手聲與歡呼聲之中。

九月二十三日，星期六。天宮市內所有高中生們引頸期盼的天央祭終於在今日揭幕。

離正面入口最近的一號館、二號館主要是設置飲食方面的攤位；裡面的三號館、四號館則聚集了各式各樣的研究發表，以及鬼屋等簡易的遊樂設施。

士道現在所在的地方是位於二號館裡，掌握來禪高中勝敗關鍵的重要據點——美食攤位。

不過，位於如此重要據點的士道，現在卻以雙手撐在地面的姿勢跪在地上，全身散發出陰沉的氣息。

「哦……哦哦哦……」

理由很簡單。

士道慢慢抬起頭來環顧四周，周圍擺設著各式各樣的攤位。章魚燒、可麗餅，還有人氣超高

的特製炸肉餅。

不過，士道就讀的來禪高中所執行的必勝策略也不容小覷。

士道回過頭來，看著聳立在自己背後的看板。

「女僕咖啡廳☆ＲＡＩＺＥＮ」

他在腦海中反覆思索那個冷酷無情的名稱之後，將視線投向下方。那裡可以看見……

「哦哦！輕飄飄的耶！」

用手抓住裝飾有許多荷葉邊的圍裙下襬使其來回飄動，臉上堆滿微笑的十香。以及……

「噗嘻嘻……士……士道，汝……好適合打扮成小姑娘的模樣呀！」

「失策。忍不住笑出來了。」

看見士道的打扮而笑出聲，與十香穿著相同服裝的耶俱矢和夕弦。

再次確認之後，士道將視線移往更下方，重新檢視自己身上的服裝。

——那件與十香以及八舞姊妹相同款式的衣服。

介於藏青色與黑色之間色調的長裙洋裝上，還穿著一件裝飾有許多荷葉邊的純白圍裙。順帶一提，頭上還戴著以可愛荷葉邊點綴其上的髮飾。

總歸一句，就是標準的女僕裝打扮。

「為什麼……事情會變成這樣……」

高中女生的制服還算可以接受，但是士道萬萬沒想到在自己的人生中，居然會有扮演女僕的這一天。總覺得在心中身為男孩子的某個重要部分被玷汙似地，士道再次沮喪地垂下肩膀。

就在此時，有人溫柔地將手搭在士道的肩膀上——來人是亞衣（女僕裝Ver.）。在她身後還能看見相同打扮的麻衣與美衣。

「我們的店花怎麼了啊？好了，客人差不多快要來了，妳快點起身站好。」

亞衣說完後，豎起大拇指。士道才搖搖晃晃地從原地站起身來。

「……那個……這個女僕咖啡廳……」

「啊啊，不錯吧？只有這樣才能贏過龍膽寺呀。」

「不，我的意思是……這種攤位居然能獲得許可啊。」

天央祭的規模雖然龐大，但是畢竟是高中的文化祭。表面上看起來很自由，其實規矩意外地多。只要被判定為「不符合學生該做的事」，就無法取得許可。因此像這種以接待客人為主的店面應該會被置於一種微妙的界線上來審視才對。

亞衣似乎也深知這一點的嚴重性，於是臉色難看地聳了聳肩。

「所以我們花了很多心血來操控評審的印象喔～因為我們原本的提案是酒店呀。」

「噗！」

士道忍不住噴出口水來。亞衣、麻衣、美衣哈哈大聲。

「那個時候真是被狠狠地臭罵了一頓呢。」

「沒錯沒錯。不過也因為這樣，我們的真正目的——女僕咖啡廳才能輕易獲得許可呀。」

「其實原本是希望裙子能再設計得更短一點呢。」

說話的同時，美衣隔著裙子在士道的大腿上畫了一道線。臉色鐵青的士道下意識地按住裙子。看見他的模樣，亞衣、麻衣、美衣再次笑出聲。

「總之，士織妳們這些舞台表演成員就站在入口處招攬客人吧。我們已經好好訓練過內場服務生應該如何接待客人了。所以妳們就安心地招呼客人進來吧。」

「沒錯，盡可能地將場面弄得熱鬧一點喲！最好是以讓客人大排長龍的氣勢去攬客！」

「嗯嗯，我們有天真爛漫的絕世美少女、性格迥異的雙胞胎，還有身材高挑的軟弱系女孩。有辦法抗拒這種誘惑的，應該只有熟女控或是同性戀吧。」

「…………」

不知不覺就被歸類成軟弱系了。士道懷抱複雜的心境露出一抹苦笑。

就在此時，「嗯？」士道疑惑地歪著頭。

「話說回來……怎麼沒看見折紙同學呢？」

沒錯。所有的舞台表演成員都聚集在這裡扮演女僕，但是唯獨不見折紙的身影。

「嗯……鳶一同學嗎？這麼說來，從早上開始就沒看見她的人影吶。」

「她負責的地方應該也是女僕咖啡廳才對呀……」

「該不會是那個日子來了？」

美衣說完這句話之後，三人「啊哈哈！」大笑出聲。士道不知道該做出什麼反應才好，只能露出一個尷尬笑容。

「反正晚一點應該就會現身了吧。只要她能趕上舞台表演的時間，我就沒意見。」

「說……說得也是……」

士道搔了搔臉頰並且如此回答。與此同時，從正門口傳來為數眾多的腳步聲。看來是客人……應該說是「主人」與「大小姐」回來了。

「那麼，這裡就拜託妳們了！」

「時間到了的時候，我會來通知妳們的。」

「啊～各位，這裡就交給士織負責了，妳們要聽從她的指示喔！」

說完後，亞衣、麻衣、美衣就躲進店裡面了。

「咦……等——」

現在大約有十人留在店門口，分別是士道、十香、八舞姊妹，以及從每個班級精心挑選出來的攬客女僕。她們現在都把目光投向剛剛被任命為攬客隊長的士道身上。

「呃……那個……」

士道露出為難表情，臉上冒出汗水，接著咳了一聲。

「那個……總而言之，請大家加油吧！」

「是！」

回應士道的話，女僕們動作一致地行了個禮。將手交疊在身體前方，做出一個完美鞠躬。看來她們似乎接受過嚴格訓練……哎，不過裡面也有像十香與八舞姊妹一樣，把手高高舉起大喊「好！」的人存在就是了。

無論如何，決戰就此展開。手持導覽手冊的客人絡繹不絕地進入場內。

這裡的客層十分廣泛。有看起來像是學生家長的人、目前沒有工作的學生、明顯以來此搭訕女生為目的的附近的大學生、想藉這個機會決定該進入哪所學校就讀的國中生等等。在這些人之中，也有身上穿著背部繡有「誘宵美九親衛隊」開襟外套的粉絲的身影。他們應該是聽見傳說中的偶像將要登台表演的消息而特地趕過來的。

同一時間，激烈的搶客大戰也就此展開。相當有朝氣的拉客聲在周圍此起彼落，讓展示場內在一瞬間充滿活力。

「來吧，請進來吧！我們的攤位很好玩！食物很好吃喔！」

「呵呵……在這前方的是地獄熱鍋，汝等凡人是否能夠忍受得了呢？」

「公告。這裡是菜單列表。」

十香站在女僕咖啡廳入口的右側位置，精神奕奕（雖然有點不太像女僕）地放聲大喊。耶俱矢站在入口左側，說著一些不知是在吸引客人還是在驅趕客人，聽起來莫名其妙的話。而夕弦則站在她身邊高舉著寫有菜單的標語牌。她們三人的招呼聲吸引了許多客人絡繹不絕地進入女僕咖啡廳。

「哦哦……生意真好呀。」

與附近的其他店家相比，這算是相當不錯的開始。至少從士道的位置可以看見的店面，沒有一家的人潮比得上女僕咖啡廳。

然後……

「……看來你們進行得很順利嘛，小士。」

從開始營業之後不知過了多久，此時突然從前方傳來充滿睏意的聲音。

士道認得這個聲音，來者正是〈拉塔托斯克〉的分析官兼任士道他們班級的副導師——村雨令音。

「啊啊，令音妳也來捧場啦——」

士道自然而然地轉過身——然後就這樣僵直在原地。

出現在眼前的人正是原先猜想的令音。這倒是無所謂……但是，如果再加上那位令音身邊還帶著一名頭戴草帽的女孩，那麼情況就另當別論了。

「那……那個……」

四糸乃的臉頰微微泛紅，彷彿看到什麼不該看的東西似地挪開視線。

接下來，穿戴在她左手上的兔子手偶「四糸奈」一邊搖晃著頭一邊哈哈大笑。

「呀哈哈哈，你是士道嗎？好～適合～呀～你乾脆把下半部的東西拿掉然後在上半部加點東西吧～需要嗎？」

「四……四糸乃……」

「……我……我來了。」

士道以沙啞的聲音呼喚對方名字。然後，四糸乃如此回答道。

士道自己確實在前幾天約過四糸乃。所以她會出現在這裡也是很正常的。

不過，她似乎不知道士道扮女裝的事情。四糸乃有點尷尬地將視線轉回來，然後全身上下打量了士道一番。

「呃……那……那個……好可愛呀。」

她說完後，對著士道露出一個僵硬笑容。士道轉過身蹲了下來，將手中的菜單遮住自己的後腦杓。

「啊啊！不要這樣！不要對人家說如此溫柔的話！不要看已經被玷汙的我啊啊啊！」

在眾目睽睽之下，還是得用女生的語氣說話才行。士道用近似哀號的聲音大喊道。

不知為什麼，被十香、折紙、八舞姊妹看見女裝打扮的時候，自己的反應還沒有如此激烈。但是在四糸乃那雙清澈雙眸的注視下，突然讓士道產生一股自己正在做某種骯髒事情的錯覺。

猶如曝曬在陽光下的吸血鬼般，身體不斷顫抖。不對，這個譬喻比自身處境還要好得多。因為吸血鬼曬到陽光之後，就能當場化為灰燼消失不見。

「那……那個，我並沒有……」

「……聽好了，四糸乃。妳不要誤會了。小士正在做一種既崇高而且值得引以為傲的工作。這絕對不是他的興趣喔。」

令音立刻做出解釋。四糸乃驚訝地瞪大眼睛。

「是……是這樣啊……」

「……沒錯。雖然最近逐漸習慣女裝打扮，塗口紅的動作也越來越女性化。但這絕對不是因為他喜歡所以才這麼做的。」

「妳幹麼加油添醋啊，令音！」

士道忍不住站起來大喊道。不過，令音卻只是疑惑地歪著頭。

「我只是想幫你解釋……」

士道沮喪地垂下肩膀。事實上，她應該是真的打算幫助士道吧。但是結果卻弄巧成拙。

……話說回來，自己也在不知不覺中習慣這種裝扮了呀。士道在心中暗自警惕自己千萬不能墮入魔道。

做了一個深呼吸讓心跳速度平緩下來之後，士道轉身面對四糸乃。

「要進去嗎？雖然有點擁擠，但是現在應該不用排隊就能進去。」

「啊……好……好的。」

「……那麼，我們就打擾了。」

說完後，令音就帶領四糸乃走向女僕咖啡廳之中。

就在此時，四糸乃轉過頭來……

「那個……我也很期待……你的舞台表演。」

說完後，朝士道做出一個用力握緊右手的姿勢。

「嗯，等著看吧，我會加油的。」

士道說完，隔著草帽撫摸四糸乃的頭。四糸乃似乎覺得有點癢，然後有些害羞地扭動身體。不過因為被帽簷擋住的緣故，士道無法看清她臉上的表情。

四糸乃鞠了個躬，走進女僕咖啡廳。士道在目送她背影離去的同時，輕輕笑了一下。

在出乎意料之外的地方獲得了勇氣。如此一來，無論如何都得獲勝才行吶。

然後——

「……嗯？」

當令音與四糸乃進入咖啡廳之後，經過了數分鐘。就在來客數超過店內所能容納的人數，外面開始排起隊伍的時候，周圍突然出現一陣騷動。

「發生什麼事了？」

士道因為感到疑惑而向身邊的女僕詢問，只見臉上充滿緊張神情的女僕簡短地說了一句：

「那個……」用手指向通往一號館的連接道路。

那裡在不知不覺中聚集了黑壓壓的密集人潮。當然，會場裡也是人山人海，但是只有那附近的擁擠度特別高。

士道愣了一秒，才察覺那群人的真實身分。

就在此時，人潮突然在一瞬間分成左右兩半。一名身穿制服的少女踏著從容不迫的步伐，猶如摩西一般從正中間走了出來。

周圍還可以看見一群跟她一樣穿著藏青色水手服的高中女生。仔細一看，甚至還有抱著電視攝影機的攝影師在拍攝她的身影。

士道不會看錯的，那個人是……

「誘宵……美九。」

他小聲地說出這個名字。

士道的聲音應該不可能傳遞到那裡才對，但是幾乎就在同一時間，美九像是察覺到士道的存在似地挑了挑眉。

接下來，踏著緩慢步伐往女僕咖啡廳走過來，直到站在士道面前之後，揚起嘴角。

「早安，士織同學。你們店裡的生意真好呀～」

「……謝謝，不過還是比不上妳們那邊呢。」

被人潮包圍的士道，壓抑著內心的焦躁，同時如此回答。

「呵呵，這套衣服很適合妳呢～很好，等到士織成為我的人之後，我就讓妳一直穿著這套洋裝，這樣應該會很有趣吧～」

似乎是在推敲美九這番話的意思，聚集在周圍的人潮突然喧囂起來。電視攝影機也開始交互拍攝美九與士道……該怎麼說呢？這種狀況真是令人心煩。

美九也煩躁地轉過頭，對身邊的攝影師說：

【——你太礙眼了，請離開這裡。】

「……！」

就在美九說完這句話的瞬間，聚集在美九身邊的人潮突然往四周散去。不僅是攝影師，就連原本圍繞在美九身邊的學生們也轉身離開，最後只剩下美九一人留在現場。

士道輕輕皺眉。沒有錯，這種感覺……跟自己在美九家聽到的「聲音」一樣。

「呼，這樣清爽多了，應該早一點這麼做的。」

「……真是驚人。」

不能在這裡提及靈力的事情，於是臉上冒出汗水的士道開口說道：

「……所以？妳找我有什麼事？如果是來觀察敵情的話，這陣仗未免也太大了吧？」

「才不是那樣呢～我只是過來邀請妳而已。」

「邀請……？」

士道疑惑地歪著頭。然後，「是的～」美九以溫柔的聲音如此回答。

「我想跟士織來場約會。」

「……啊？」

不明白美九所說的話，士道不禁瞪大眼睛。

「約……會？」

將這個單字複誦一遍之後，士道的肩膀突然晃動了一下。因為如果現在的對話被十香或八舞姊妹聽到的話，事情又會變得更加麻煩。

不過幸運的是，這三個人都待在士道的前方各自招攬客人，似乎沒有注意到自己與美九的對話。鬆了一口氣之後，士道將視線再次轉回到美九身上。

「是的，妳不方便嗎？」

「不，那個……」

士道煩惱了一會兒之後，開口說話。

◇

陸上自衛隊天宮駐屯基地第二飛機庫中，被一股不自然的沉默所籠罩。

現在明明不是深夜，但是卻完全見不到ＡＳＴ隊員與維修人員的身影。簡直就像是——有人為了某種意圖，刻意將所有人員趕離現場似的。

從沒有上鎖的後門入侵飛機庫的折紙，沉默地看著自己的目的地。

「…………」

刺耳的腳步聲在四周迴響。

在感受到自己的心跳隨著那個刺耳聲音逐漸加快的同時，折紙靜靜地做了一個深呼吸。

折紙身上穿的，不是來禪的制服也不是今天預定要穿的舞台裝，而是ＡＳＴ的基本裝備——黑色的接線套裝。人類為了對抗精靈而穿在身上的魔法盔甲。能讓折紙的意識發揮最大力量的戰鬥裝束。

話雖如此，但是現在並沒有發布空間震警報，接下來也沒有要進行訓練。折紙是因為其他理由才穿上這套裝備。

「…………」

她不發一語地走到飛機庫的某個區域前方。

根據她的檢視，保全系統已經全部被關閉。如此一來，就算有人潛入飛機庫帶走CR-Unit，也不會有人發現吧。

對自己相當有利的狀況。折紙抬頭仰望聳立在眼前的CR-Unit。

「……士道。」

說完後，嚥下口水溼潤自己的喉嚨。

聽完燎子那盛大的「自言自語」後，折紙立即開始調查潔西卡一行人的行動。

話雖如此，折紙其實也沒採取什麼大動作。正確來說，是沒有必要這麼做。

因為只要折紙一提問，所有隊員都會開始「自言自語」。就連當時把話說得不清不楚的小米，也在後來打電話給她的時候，一邊交雜著抱怨淘淘不絕地將詳情告訴自己。

——聽完作戰要點之後，折紙不禁感到毛骨悚然。

姑且不論身為精靈的十香，但是為什麼連士道都被她們盯上了呢？……不過這個疑問只在折紙腦海停留一秒鐘而已。

因為折紙隨即想起一件事。

六月時，士道在折紙面前將〈炎魔〉的復原力量展現出來。

能使用精靈力量的，人類。

不——正確來說，他應該是能奪走精靈力量的人類吧。

雖然不知道士道為什麼擁有那種能力……不過要是這件事情傳到ＤＥＭ公司耳裡，那麼也就可以理解為什麼士道會被列入捕捉對象。

而且，如果士道真的被ＤＥＭ公司抓走，不難想像他會遭受到什麼樣的待遇。

「……不允許。」

折紙以低沉的聲音說完這句話之後，往前邁進一步。

朝著安放在眼前的人類智慧結晶——戰術顯現裝置搭載組合（Combat Realize Unit）的方向邁進一步。

在未經許可的情況下使用CR-Unit，這一次應該會被免職吧。折紙將會被消除記憶並且從隊伍除名，終其一生都不能再度接觸顯現裝置。

這也意味著折紙將永遠失去向殺死自己雙親的精靈復仇的手段。

「……！」

當這個念頭閃過腦海的瞬間，折紙突然停下腳步。

但是立刻又咬緊牙齒，繼續前進。

教育旅行時，士道處於危機之中，但是自己卻什麼都做不到的無力感占據她全部的意識。

那個時候，沒有顯現裝置、沒有CR-Unit的折紙，根本幫不上忙。

不過——如今，情況不同了。

「這一次……我一定要拯救士道。」

就算會因為這個舉動而被ＡＳＴ免職，折紙也不允許她們加害於士道。

已經失去雙親的折紙，不能再失去最後的心靈寄託。

她將手心放在顯示裝置的端子上頭，開始認證。

伴隨低沉引擎聲響起的同時，那塊金屬的外觀變化為最強兵器。

◇

「來，士織。妳的是草莓奶油口味，對吧？」

「是……是的……」

士道有點困擾地點點頭，同時收下美九遞給自己、裝飾得相當漂亮的可麗餅。

美九露出滿足微笑，「啊嗯！」咬了一口用另一手拿著的巧克力香蕉可麗餅，臉上浮現一個相當幸福的表情。

「嗯嗯～真是太好吃了～已經到達可以自己開店的水準了呢。」

說完這句話，美九身上的制服裙子也隨著身體的扭動而不停擺動。

看見這副景象，士道的臉頰流下一滴汗水。

「……我到底在幹什麼啊……」

「別再發牢騷了。對方都主動提議要跟你約會了，這可是個好機會呀。」

於是，從右耳的耳麥傳來琴里的聲音。

「雖然你們將在舞台上一決雄雌，不過提昇對方的好感度，對我們可是有利無害呀。因為就算我們打敗了龍膽寺，但是如果美九的好感度下降的話，你還是無法封印她的靈力。」

「妳說的也沒錯啦……」

士道說話的同時，用手搔了搔臉頰。順帶一提，其實不用判決就已經知道孰雄孰雌……不過這句話要是說出來，恐怕又要被痛罵一頓。於是士道決定保持沉默。

沒錯。士道將女僕咖啡廳的工作交給十香她們負責，在美九的邀請之下，與她一起在文化祭中約會。

與即將在舞台部門一較高下的對手到處遊玩這件事情，讓士道的心情變得有點複雜，不過琴里說的也有道理。所以現在還是乖乖陪美九逛天央祭吧。

「這一次不管再怎樣，都不能說出『我討厭美九』這種話喲。」

「……我知道啦。」

「咦？」

就在士道小聲地與琴里對話之際，美九突然發出疑惑的聲音。

「妳不吃嗎？」

「不……我要享用了！」

士道慌慌張張地將手中的可麗餅塞入嘴裡。被薄餅皮包裹的生奶油的甜味，與草莓的酸味在嘴裡擴散開來。店家煎烤餅皮的技術相當高明，過程看起來簡單，卻將餅皮料理得非常完美，絲毫不輸給在路邊專賣店所販售的可麗餅。

「嗯……好吃。」

「呵呵，那就好。」

美九如此說道。接著在下一瞬間，咬了一口士道的可麗餅。

「哇！」

「嗯～這個口味也好好吃吶。做得真不錯～」

美九用手摸著自己的臉頰，滿足地如此說道。

也許是看見士道那驚訝的表情吧，美九於是一邊放聲大笑，一邊將手中的巧克力香蕉可麗餅遞給士道。

「請用，這樣我們就互不相欠了。」

「呃……這個……」

「你在猶豫什麼呀？快點咬一口呀！咬一口！」

在琴里的指使以及催促之下，士道咬了一口可麗餅……好吃是好吃，不過老實說，士道現在根本無心品嚐可麗餅的味道。

「好吃嗎？」

「嗯……嗯嗯……很好吃喔。」

「呵呵，我們間接接吻了耶～」

「噗！」

聽見美九輕鬆說出自己一直很在意卻刻意不提的事情，士道不自覺地嗆了一下。努力將可麗餅保留在嘴裡，同時輕輕咳了幾聲。

「對不起，我忘了士織是很純情的～」

美九笑著輕撫士道的後背。

「沒……沒關係……我沒事。只是感到有點吃驚而已。」

等到呼吸平穩下來之後，士道輕輕點了點頭。

美九看著士道，再一次露出溫柔微笑。在一口一口吃完手中的可麗餅之後，美九伸手指向會場前方。

「來吧，距離舞台表演開始的時間已經所剩無幾，我們趕快再去逛逛吧。」

「啊……等等。」

美九突然拉起自己的手。於是士道趕緊吃掉剩餘的可麗餅，將留在手上的包裝紙塞進圍裙的口袋裡，跟著美九往前走。

接下來，美九隨心所欲地穿過飲食區，往設置有射擊遊戲區與簡易鬼屋的區域前進。

「……吶，美九。」

半途中，士道對著走在前方的美九背影開口說話。

「是？有什麼事嗎，士織同學？」

「妳為什麼要在這個時候約我出來玩？」

聽見士道的問題，美九將視線轉到後方來。

「因為，等到今天的結果出爐之後，士織同學就會成為我的人了～所以我想趁這個時候，好好品嚐還不屬於我的士織同學～」

「…………」

在美九心目中，似乎已經篤定自己會獲得勝利了。士道緊咬牙齒，以銳利的視線看向美九。

「請恕我直言，我們今天可是拚了全力想要贏過龍膽寺。勸妳們最好不要掉以輕心。」

「呵呵呵，你們辦得到嗎？」

「請妳務必遵守約定。」

「我知道啦～士織同學才是，不要忘了我們的約定。」

士道的話絲毫沒有對美九造成壓力，她的臉上始終保持著微笑。

明明決勝時刻近在眼前，美九卻表現出令人難以置信的輕鬆態度。總覺得自己的步調全被打亂，士道不禁搔了搔頭。

走了一會兒之後，美九輕聲說道：

「士織同學、士織同學，妳看。是套圈圈遊戲，我們去玩吧。」

美九說完這句話之後，用手指向一個與廟會路邊攤非常相像的廣闊空間。紅色地毯上擺滿了許多獎品。

「套圈圈……嗎？」

「是的～妳想要哪一個東西？我套來送妳～」

「咦？呃……那麼，我選那個。」

突然被問問題而感到迷惘的士道，用手指著擺放在比較靠近自己這邊的貓布偶。

「OK！交給我吧～」

美九做出捲起衣服袖子的舉動，同時付錢給站在隔壁的女學生，領取三個塑膠製的圓環。接下來……

「嘿呀！」

在發出奇怪叫聲的同時，扔出第一個圓環。圓環朝著錯誤方向飛出去。

「喝！看我的！」

美九不死心地投出剩下兩個圓環，但是果然連獎品都沒有擦到，就掉落在地面上了……好糟糕的控球能力呀。

「哎呀，好難呀～」

「哈哈……」

「士道，你在笑什麼呀？既然美九失敗了，就由你來幫她套中獎品呀。」

正當士道苦笑之際，琴里的聲音傳進右耳。

「啊啊……吶，美九，乾脆由我來──」

不過，士道的話還沒說完，美九再次對著女學生說話。

原本以為她還想挑戰一次……但是士道猜錯了。美九對那位女學生所說的話是──

【把那個貓布偶給我。】

這樣的「請求」。

「……好的，請妳稍待一下。」

女學生表情呆滯地點了點頭，從地毯上拿起布偶交給美九。

美九收下那個布偶之後，笑容滿面地將布偶遞到士道面前。

「給妳，士織同學。」

「……不，妳在幹什麼啊！」

士道說完後，美九像是聽不懂士道所說的話一樣歪著頭。

「不是這個嗎？那麼我請她換另一個——」

「我不是這個意思……而是妳不該這麼做吧？」

「咦，那麼我該怎麼做才好呢？」

臉上表情完全沒有一絲絲惡意與良心的苛責，美九如此問道。士道再次回想起前幾天在美九家裡所感受到的那股強烈反感。

「……妳必須用圓環套中目標才能贏得獎品。」

「咦咦～那麼如果套不中的話該怎麼辦呢？」

「那就……只能放棄了。」

「咦，為什麼呢？」

「妳問為什麼……因為這就是遊戲規則啊。如果用橫行霸道的方式取得獎品，也會對不起那些經營套圈圈攤位的學生們吧？」

美九驚訝地瞪大眼睛。

「對不起？被我拿走這個東西，她應該也覺得很高興吧？」

「不對，我說妳呀……」

「再說，如果不那樣做，就不能把布偶當成禮物送給士織同學了呀～」

「就算這樣，用那種手段得到的東西，我是不會收的。」

「咦……」

美九不服氣地撅起嘴表達不滿。士道面有難色地搔了搔頭。

這名少女並不認為自己的行為有錯。她只是順從想要將貓布偶送給士道當禮物的欲望，而採取自己辦得到的應有手段而已。

或許是隔了一段時間的緣故，和前幾天相比，士道對於美九的印象有一些改變。

沒錯。仔細想想——十香也跟她非常相似。

在十香被封印靈力之前，或許因為沒有機會與ＡＳＴ以外的人類接觸，所以才會攻擊士道，而且只要看見過多的人潮就會想要趕盡殺絕。

不過，現在她一邊摸索，也多少能與大家相處融洽。

而美九的問題就在於——她能使用「聲音」恣意操控人類。

「沒關係啦～反正人類只是任我擺布的棋子兼玩具而已。士織同學根本毋須在意。因為士織同學是我直接認可的特別存在喔。至於其他雜七雜八的人類，我才不管她們的死活。」

「……我說妳啊……」

看見美九以無憂無慮的眼神說出這種話，士道出非常不悅的聲音。

「……」

士道緊緊握起拳頭。

這名少女，誘宵美九她絕對不是個壞孩子。只是因為她的能力扭曲了自己的價值觀而已。

或許需要花費很長一段時間與許多心力才能改善吧？但是即使如此……她也有十足的可能性能和十香她們一樣，與人類和平相處。

為了這個理由——無論如何都得封印她的靈力才行。

如果不能讓她與普通人類一樣站在相同的立場，她就會繼續視人類為棋子或玩具。那樣的話……實在是太可悲了。

「果然……我必須打敗妳……為了讓妳能夠與『人類』真正地對話。」

「和人類……？我常常和他們說話啊～妳的話好奇怪吶。」

「妳現在不懂也沒關係。不過，妳要記住。人類可不是那種會心甘情願當妳的棋子或玩具，那種既聽話又好相處的傢伙。」

「……妳在說什麼呀？」

聽見士道的話，美九的臉上浮現一抹看似嘲笑的笑容。

「人類是種相當簡單、可以輕易操控的生物。士織同學其實可以不用那麼在意喲～因為那些

傢伙的唯一用處就只有供人玩賞而已。」

「什麼，妳不要小看人類。如果妳以為所有的事情都能如妳所願，那麼總有一天妳會自食惡果的。」

「是嗎……」

美九興致盎然地瞇起眼睛。

「那麼，要不要來試試看呢？」

「……？什麼意思？」

士道疑惑地皺著眉頭如此問道，但是美九並沒有多做解釋。

「呵呵～那麼，雖然有點不捨，不過今天的約會就到此為止吧。我會在舞台上等著妳——不過前提是，如果士織同學能順利站上舞台的話。」

美九將抵在嘴唇上的手指往士道的方向輕揮過去之後，便轉身離去。

「她到底在說什麼啊……」

士道凝視著她的背影，困惑地如此說道。

——不過，經過數小時之後，士道終於明白美九那句話的意思。

現在時間是中午十二點。各校代表開始陸陸續續地聚集在位於舞台後方的休息室中。

雖然取名為「休息室」，但卻是個即使容納所有表演者後仍綽綽有餘的寬廣空間。不過那也是理所當然的，據說這裡原本是位於中央舞台後方的一個小型宴會廳，現開放為休息室讓人使用。也因為如此，房間裡面還擺放了一整組爵士鼓與電子琴等樂器。

在將手上的工作託付給其他同學之後，士道也來到了休息室。

然而，來到小型宴會廳裡的人只有士道與十香而已，不管怎麼等都不見亞衣、麻衣、美衣的身影。

「……真是的，那三個人在幹什麼啊……」

士道以環抱手臂的姿勢嘟囔幾句之後，低頭看向手錶。已經超過集合時間二十分鐘了。第一個表演節目應該就快要開始了。

而且，問題不僅僅只有這樣。從早上就不見人影的折紙也還沒有抵達現場。雖然打了幾通電話給她，但是她的手機似乎沒有開機，完全無法與她取得聯繫。

「姆……大家都跑去哪裡了？」

十香歪著頭如此說道。士道便搖了搖頭，做出一個「我不知道」的手勢，接著操作起琴里發給士織專用的貼鑽手機，試著打電話給亞衣。

在電話鈴聲響了幾秒之後，從聽筒傳來亞衣的聲音。

「喂……士織嗎？」

「山吹同學，妳現在在哪裡？請妳快點過來！我也沒看見葉櫻同學與藤袴同學的身影……妳知道她們現在在哪裡嗎？」

「啊～麻衣與美衣嗎？她們……」

「我～們～在～」

「這裡～喲～」

從聽筒另一側，傳來麻衣與美衣的聲音。

「妳們在幹什麼呀！快要輪到我們上台表演了喲！」

聽見士道的大聲喊叫之後，亞衣三人則是發出「嗯～」這種滿不在乎的聲音。

「抱歉，我們決定不上台表演了。」

聽見這句出乎意料之外的話，士道不自覺地屏住呼吸。

「為……為什麼？大家之前不是一直那麼努力地練習嗎！」

「咦？因為……美九姊姊大人要我們放棄啊。」

「……！」

說完這句話之後，亞衣便將電話掛掉了。

「嘟——嘟——」空虛的機械聲響不斷刺痛著士道的鼓膜。

「士道，亞衣說什麼？」

十香滿臉疑問地如此詢問。士道只能拚命從喉嚨擠出顫抖的聲音。

「她們決定……不上台表演了……」

「咦！為……為什麼！」

「因為……」

士道緊緊咬住嘴唇。

恐怕是因為——美九「請求」亞衣、麻衣、美衣得這麼做的緣故。

連受到精靈庇護的士道的意識都會被那個「聲音」擾亂。因此身為普通人類的她們三人，要抵抗美九在極近距離對自己訴說的喃喃細語，應該是不可能的事吧。

一瞬間，士道還以為折紙也慘遭美九的毒手……但是如此一來，折紙根本不用拒接電話，而且也無法解釋為何她從一大早就不見人影的原因。

但是無論如何，士道已經處於最惡劣的情況之中。畢竟六位樂團成員的其中四人——貝斯手、鍵盤手與鼓手，還有最重要的主唱都缺席了。現在只剩下吉他手與鈴鼓手。這樣根本無法完整演奏出一首歌曲。

「可惡，現在該怎麼辦才好……」

於是，就在士道胡亂撓頭低聲嘟囔之際，前方突然傳來愉悅的笑聲。

「呵呵呵～」

不知何時換上舞台裝、臉上浮現爽朗笑容的美九，正站在自己眼前。美九身上穿著似乎是以人魚公主作為參考而設計出來的服裝，海洋色調的禮服上，有許多用可愛貝殼製作出來的飾品點綴其中。

「怎麼愁眉苦臉的呢？白白糟蹋妳那張可愛的臉吶～」

「美九，妳這傢伙……！」

忍不住想要大叫出聲，但是士道還是壓抑了自己的怒氣。

因為即使現在譴責美九，也已經於事無補。況且就算想要揭發美九這種不正當的手段，也不能告訴其他人美九擁有具有靈力的「聲音」。

美九似乎也很清楚這一點，愉悅地露出微笑之後，擺動自己裙子轉了一圈。

「馬上就要輪到我上台表演了。請妳仔細看清楚了～」

說完後，邁步離去。

「嗚……！那個傢伙……」

士道不甘心地咬緊牙齒，瞪視美九的背影。

但是，他也明白這麼做根本無法讓情況好轉。

「怎……怎麼了……？」

十香困惑地詢問道。士道用力搔了搔頭髮。

「……讓我稍微思考一下。」

士道說完這句話之後，便用手抵住下巴做出像是在沉思般的舉動，同時往牆壁的方向走過去。接下來，壓低聲音對著右耳的耳麥說話。

「……琴里、琴里。」

「——什麼事？難道是要我幫你消除登台前的緊張感嗎？」

隔沒多久便聽見琴里的玩笑話。

「不……不是那樣的。」

士道簡短地將亞衣、麻衣、美衣落入美九的魔掌之中，以及連折紙都在正式表演前一刻鬧失蹤的事情告訴琴里。

「原來如此……美九那個傢伙，居然使出這麼卑鄙的手段。」

琴里在嘆了一口氣之後如此回答。雖然從這邊無法看見琴里的身影，但是不難想像她現在一定是聳著肩表現出無奈的模樣。

「距離我們出場的時間已經不到兩個小時了。現在到底該怎麼辦……」

「沒辦法了。總之，主唱方面就利用之前提議過的對嘴方案來頂替吧。」

「那個方案真的沒問題嗎……」

「我覺得至少比士道在毫無準備的情況下，展現自己那悅耳歌喉的方法還要好。」

「哎……妳說得也沒錯啦。但是我沒有將那段音源帶在身上喔。」

「別擔心，我們已經讓幾名特務人員混進營運管理的工作人員之中。輪到士道你們上台表演時就會配合曲子播放那段音源，所以你大可放心。」

「……真不愧是……」

處事周全的妹妹大人。士道以讚嘆的語氣低聲呢喃。

「不過，這樣還是有人數不足的問題啊。我不認為十香會彈奏其他樂器……」

「也對……嗯，要湊齊全部人數應該是不可能的事，不過我應該還能安排兩個人過去遞補空缺。我會派遞補人員過去，到時候你們再去跟他們會合。」

「妳說遞補人員……等一下，就算妳把是擅長彈奏樂器的人送過來，但是如果被人發現對方不是來禪的學生，就會當場喪失資格喔！」

「我都已經說會想辦法了，士道居然還會擔心這種事。你什麼時候變得這麼了不起了？」

琴里像是在嘲笑士道般從鼻間哼了一聲，如此說道。一直沒出聲的士道原本打算說出「反擊」言論，不過最後還是選擇保持沉默。

「不過，那傢伙居然敢小看我呀。既然對方這麼出招了，我自然有我的做法。」

對士道下達完指令的琴里，突然說出這種危險發言。士道的額頭不禁冒出汗水。

「喂、喂，妳不是說過不會出手妨礙的嗎？」

「我原本是打算這麼做沒錯。但是老實說，依照目前的狀況看來，很難保證我們能贏勝。況且既然對方先動手了，那麼我大可不必多加顧慮地使出各種手段。」

「等等，要是做得太過分的話……」

話才說到一半，士道突然被人從後方拉住手，強迫自己轉過身去。定眼一看，原來拉住他的人正是十香。

「嗚喔？十香，妳有……什麼事嗎？」

「嗯，美九的表演似乎要開始了喲。」

「美九的……」

聽十香這麼一說，直到剛剛為止還擠滿人的休息室，現在只剩下士道與十香兩個人而已。大家似乎都去觀看舞台表演了。

「既然這樣，你就去探查敵人的實力吧。遞補人員抵達你們那邊還需要一點時間。反正你待在這裡就算絞盡腦汁也想不出個好辦法來吧。」

琴里透過耳麥如此說道。

「……妳說得對。」

士道輕輕點頭，然後與十香一起走出休息室。

接下來爬上長長的昏暗樓梯，來到一條沿著中央舞台天花板附近的牆壁而設置的貓道（註：

位於天花板上方，用來架設燈具的窄長通道）上。

那裡除了工作人員之外，還能看見剛剛待在休息室裡的表演者們。

「這裡應該可以吧……」

「嗯！這裡可是特等席呢！」

十香天無邪的眼睛閃閃發光。我們必須表現得比接下來即將看到的演出還要精彩才行……十香真的明白這一點嗎？

與此同時，突然響起一陣「喀、喀！」聲響，藍色的聚光燈從各個方向照射在原本一片黑暗的舞台中央。

接著，站在舞台中央的美九將麥克風靠到嘴邊，配合平靜沉穩的曲調開始唱歌。

——下一瞬間……

一陣與全身起雞皮疙瘩相似的感覺，穿透表面肌膚。

接下來，隨著曲調漸漸輕快，照射在舞台上的光線也越來越強——讓等候在美九背後的伴舞們的身影顯現出來。美九的舞動幅度變得越來越大、越來越激烈。伴隨著表演的行進，會場內的氣氛逐漸高漲。

「……好厲害。」

士道半錯愕地喃喃自語道。

就是如此地——連對偶像沒什麼興趣的士道，都會在一瞬間被奪走全部的注意力。美九的表演就是如此地具有壓倒性實力。

衣服、舞蹈動作、伴舞、表演，甚至是揮舞螢光棒發出歡呼聲的觀眾，所有的一切都巧妙地結合在一起，創造出一個完美無缺的空間。

現在，士道稍微可以理解在演唱會中昏倒的粉絲的心情了。狂熱。擠滿在視線所及範圍內的多數觀眾，就如同字面上的意思，為了美九的歌聲而變得瘋狂、熱情。

不過——

「……！」

就在狂熱氣氛到達高潮的那一瞬間，士道皺起眉頭。

恐怕連十香，還有待在中央舞台這裡的所有人都會露出相同的表情吧。

因為就在曲子進行到第二段正歌之際，燈光突然熄滅，整個舞台陷入黑暗之中。

不，不只如此。從大型擴音器播放出來的曲子也在燈光消失的同時突然中斷了。

發生這起意外之後，觀眾席開始響起吵雜聲。

不過，正當大家陷入一片混亂的時候，只有士道因為聯想到某個可能性而瞪大眼睛。

「這個，難道是……」

「答對了。」

在士道出聲詢問之前，琴里就已經先回答了。

「我們對會場的設備稍微動了一點手腳。等到氣氛稍微冷卻下來之後，我們就會重新啟動。當然，如果場面又進入高潮的話就會再次關閉。」

「…………」

士道搔了搔臉頰，沒想到自己的妹妹居然想得出如此卑鄙的手段。不過這個方法確實能有效地降低大家的熱情。無論是多麼精彩的演出，如果看不見的話也沒有任何意義。

——然而……

「……咦？」

士道輕輕叫了一聲，然後再次將視線投向舞台。

黑漆漆的舞台中央，隱隱約約地出現了一道光芒。

接下來，像是要抑制大家的吵雜聲一般，現場傳來一陣清晰悅耳的聲音。

「——〈神威靈裝·九番〉(Shaddai El Chai)！」

就在這個聲音響起的同時，微弱光芒包覆美九全身——形成一件光之禮服。沿著身體曲線緊貼在身上的上衣、寬鬆的公主袖，以及展開成開襟短版外套形狀包覆這些部位的光之帶。還有——由許多層光之裙褶交疊而成的華麗裙子。

在全部衣服顯現出來之後，裝飾在美九頭髮上的月形髮飾開始閃閃發光。

沒錯。美九現在的模樣，和士道在空無一人的小巨蛋裡所看見的一模一樣。

「難道她……顯現了靈裝……！在這種地方！」

琴里的聲音敲進鼓膜，士道的耳朵因此隱隱發疼。

不過，這也難怪。靈裝——是守護精靈的絕對之盾與堡壘，由濃密的靈力之線所編織而成的堅固盔甲。

顯現出靈裝，代表著精靈進入迎戰狀態。事實上，至今為止出現過的精靈們，只有在遇見打算加害自己的敵人時，才會穿上靈裝。

但是，觀眾們根本不明白那件衣服代表著什麼樣的意義。每個人似乎都將眼前的神奇景象當作一種運用先進技術的壯觀表演。充斥在會場裡的歡呼聲變得更加震耳欲聾。

「——打起精神～現在開始才是真正的表演！」

即使無法使用麥克風，美九那清澈的聲音還是響徹整個會場。

像是在回應她的話一般，整個會場裡再次陷入狂熱漩渦裡。

接下來，大家進入了美九的世界。

音響陷入死寂、燈光失去光芒，沒有麥克風也沒有擴音器。

但是，美九的演奏、歌聲、她的身影，卻滲透到會場各個角落。

在這個會場裡，已經沒有人將剛剛那起事件當作一場意外，認為一切都是——表演。為了讓美九的身影變得更加耀眼奪目，為了讓美九的歌聲變得更加嘹亮悅耳。

所有事物，皆被美九的存在感所吞噬。

她，就是如此完美的，甚至具有壓倒性的——「偶像」。

——美九攤開雙手，曲子也在此時結束。

至今為止最盛大的歡呼聲充斥整個會場。

「——呵呵，謝謝大家。」

美九一邊用手擦拭浮現在額頭的汗水一邊鞠了個躬。接下來，會場則是響起如雷掌聲，對離開舞台的美九獻上祝福。

「…………」

「嗯，她好厲害呀！」

士道沉默不語地用手扶住額頭。而十香則是直率地說出自己的感想。

即使舞台上已經看不見美九的身影，掌聲卻仍持續了一段時間。士道他們就在這種如雷掌聲之中，爬下樓梯返回休息室。

休息室裡空無一人。其他表演者可能打算繼續留在現場觀摩接下來的舞台表演吧？……不對，在親眼目睹美九那壓倒性的舞台表演後，他們應該會深受打擊而魂不守舍吧。

「士道，你是怎麼了呢？如果一直垂頭喪氣，即使原本能贏得勝利的比賽也會變成無法獲勝喲。」

「……說得也是。」

士道臉上浮現有氣無力的笑容。完全不懂得什麼是「半途而廢」的十香，正歪著頭看向自己。

不，十香說得一點兒都沒錯。不管對手表演得多麼精彩，如果自己在此時被震懾，那麼毋須比賽，勝負便已揭曉。

不過，無論怎麼驅趕，都無法讓那份惹人厭的預感消失。就算主唱方面可以用替代方案應付過去，但是目前還是不清楚填補亞衣、麻衣、美衣空缺的遞補人員究竟是何方神聖。在這個情況下，士道實在無法安心——

就在這個瞬間，休息室的門被人緩緩打開，垂頭喪氣的士道頭頂上，響起耳熟的聲音。

「呵呵，汝的表情看起來真是陰沉呢。簡直就像是被亡者抓住雙腳似的。」

「失望。一點氣勢都沒有。這樣在開戰前就已經輸了。」

「……！」

聽見她們的聲音之後，士道倏地抬起頭來。

站在眼前的，是身穿女僕裝的兩名少女。

「耶俱矢！夕弦！」

十香驚訝地瞪大眼睛，呼喚兩人的名字。

「妳們兩人……為什麼會出現在這裡……」

士道說完後，兩人做出環抱手臂的姿勢。

「呵呵，琴里都告訴本宮了喔。汝等似乎正因為成員不足而感到困擾呢。」

「支援。如果可以的話，請將這場戰役託付給我們吧？」

「咦……？那……那麼，琴里所說的遞補人員……」

聽見士道的問題，兩人幾乎在同一時間點頭。

「沒錯，就是吾等喲。呵呵……吾等八舞將會助汝一臂之力。汝應該感到相當光榮吧？」

「肯定。交給我們吧。」

說完後，兩人自信滿滿地擺出奇怪的姿勢。

「等……等一下，妳們兩個。我很感謝妳們的心意，雖然妳們輕輕鬆鬆地說出要參加比賽這種話，但是距離正式表演已經沒剩下多少時間了喔，妳們都沒練習過──」

士道的話還沒說完，耶俱矢與夕弦互看一眼後，悠然走到擺放在房間最裡面的樂器旁邊。

接下來，耶俱矢坐在爵士鼓前方；夕弦握住貝斯。

下一瞬間，兩人沒有打出任何暗號便開始演奏起來。

「咦……！」

士道不自覺地叫出聲來。

一言以蔽之——兩人都演奏得相當出色。

兼具熱情與力道，音色卻不失和諧。像是在領導所有樂章而刻劃出節奏的爵士鼓，以及利用行雲流水指法彈奏出流暢旋律的貝斯。

即使是外行人的耳朵，也能輕易聽出這段演奏的厲害之處。她們的演奏已經到達假如現場有演藝圈的星探的話，應該會立刻遞上名片的水準了。

「嗯……差不多就是這樣。」

「喘氣。呼～」

演奏結束之後，「啪！」兩人走到彼此身邊互相擊掌。

「為……為什麼妳們兩人彈得這麼好呀！」

聽見士道的疑問，兩人在瞬間互望一眼，然後揚起嘴角。

「呵呵……別瞧不起人啊，人類。那種東西，吾等早就已經分出高下了。」

「確認。應該是第七十二次比賽『呼風喚雨爵士鼓對決』，以及第八十四次『最佳貝斯手獎對決』。順帶一提，前一個比賽是由耶俱矢獲得勝利，後一個比賽的贏家則是夕弦。」

聽她們這麼一說，士道才突然回想起來。

這麼說來，耶俱矢與夕弦兩人在與士道相遇許久之前，兩人就已經歷經過無數次對決了。雖然聽說過她們兩人曾經因為厭倦單純打架的決鬥方式，而進行過各式各樣的比賽……但是萬萬沒想到她們居然連樂器都比試過。

「……吶，士道啊。在汝的幫助之下，吾等兩人才能待在彼此身邊。」

「發誓。這一次，請務必讓我們幫助你。」

耶俱矢與夕弦如此說道。

毫無疑問，美九是一名強敵。而且整個會場早就被美九的粉絲占滿。她是個即使我方表演得相當完美也無法輕易獲勝的對手。

不過——士道吞了一口口水。

他握住兩人的手，倏地抬起頭來。

「……好的……！」

◇

在腦內下達指令的同時將眼球轉向左下方之後，隨即有一串小小數字投射在視網膜上。

14:55——距離作戰開始還剩下五分鐘。

飄浮在天宮廣場上空的潔西卡．貝里舔了一下嘴唇。

「好……時間快到了。大家都準備好了嗎？」

「Yes, sir！」

從全罩式耳麥傳來部下們整齊一致的回答。潔西卡露出滿足表情並且點了點頭。

如今在天宮廣場展開隊形的，是十名包含潔西卡在內的第三戰鬥分隊的人員，以及約二十台遠端遙控的戰鬥機器人〈幻獸．邦德思基〉。其戰鬥陣容相當豪華。

而且潔西卡一行人身上的武器，十點五口徑的雷射加農砲〈Merry Lam〉、微型導彈艙〈Twinkle Star〉、雷射光刃搭載單分子刀〈King Call〉等，都是其他國家所沒有，專屬於ＤＥＭ公司的最新裝備。

利用這種等級的砲火集中攻擊，就算對手是ＡＡＡ等級的精靈——〈公主〉，應該也會承受不住吧。

潔西卡露出笑容，俯瞰展現在眼前的天宮廣場東部區域。

根據情報顯示，再過幾分鐘，目標夜刀神十香就會站上中央舞台。

這次的作戰內容是——先從這個位置破壞中央舞台的天花板，讓先鋒部隊〈幻獸．邦德思基〉攻進敵營捕捉目標。

接下來，朝著被〈幻獸．邦德思基〉抓住的目標再次發動砲擊——等到目標身負重傷後再將

她抓起來。

當然，潔西卡並不是個樂於殺人的魔鬼。她也會對於自己的砲擊造成許多人傷亡這件事情感到內疚。

但是，這些微的感傷已經被捕捉精靈的大義，以及威斯考特的命令這種甜美餘韻給完全抹滅。現在的潔西卡，只把舞台區的觀眾們當成馬鈴薯或南瓜之類的東西而已。

然後，警鈴聲從全罩式耳機傳進耳裡。下午三點，是作戰開始的時間。

「——好，時間到了。亞德普斯4號到12號現在移動到指定位置，預備射擊。〈幻獸・邦德思基〉也要做好準備。從奧特1號以後的二十台，準備進行突襲！」

「Yes, sir！」

現場響起與剛剛相同的回答之後，全副武裝的巫師與〈幻獸・邦德思基〉依照潔西卡的指示展開隊形。

「來吧……派對要開始了。」

說完後，潔西卡舉起雷射加農砲瞄準天宮廣場中央舞台。

◇

同一時刻，天宮廣場上空一萬五千公尺處。〈拉塔托斯克〉所擁有的空中艦艇〈佛拉克西納斯〉的艦橋中，響起刺耳的警報聲。

「發生什麼事了！」

坐在艦長席上的琴里，在聽見突然響起的警報聲之後，皺著眉看向眼前的螢幕。不過，會場內並沒有發生任何可疑的異常情況。顯示在側邊螢幕上，美九的精神狀況數值也沒有發生明顯的變化。

「雷……雷達有反應！在天宮廣場的上空，出現了二十……三十個疑似ＡＳＴ的反應！」

「你說什麼……！」

聽見船員的報告，琴里的臉色變得更加扭曲。

與此同時，原本播放士道一行人影像的主螢幕突然切換成天空中的影像。

十名全身穿著武力強大CR-Unit的巫師以及二十台外型奇特的機器人，正飛在天空中俯瞰天宮廣場的中央舞台。

「他們是……」

看見那些身影之後，琴里咬住原本正在舔拭的加倍佳。

很明顯並非日本人的隊員。還有兩個月前，曾經在士道他們教育旅行時出現過的無人兵器〈幻獸・邦德思基〉。無論怎麼看，都不像是ＡＳＴ該有的編制。

不——更重要的是，現在是沒有發布空間震的平常時刻。理所當然的，附近的居民並沒有前往避難所……不僅如此，他們還因為天央祭的關係全部聚集在一起。從一般的常識來思考，身上穿著被視為機密技術的CR-Unit，並且在群眾面前公然現身的舉動根本就是不可能的事。

「是ＤＥＭ那邊的人嗎……？即使如此，他們到底為什麼要在這個時候現身……」

腦中閃過最壞可能性，琴里開口說道：

「難道……」

她再次確認地點。天宮廣場，舉辦天央祭的大型展覽館的正上方。十香、四糸乃、八舞姊妹，以及美九。實際上有五位精靈聚集在此的空間。萬一讓ＤＥＭ得知這項情報的話……

「嗚……」

按照正常邏輯來說，這根本是愚蠢至極的揣測。要是在那種地方進行戰鬥，一定會有許多人因此喪命。就算被ＤＥＭ掐住脖子，日本的陸上自衛隊也不可能會允許這種事情發生。

但是，琴里想不出她們還會有什麼其他目的，這也是不爭的事實。

「司令，現在該怎麼做呢？」

「……總不能放著不管吧。」

話雖如此，但是實際能採取的手段卻相當有限。只要我方還待在天宮廣場上空，就不能用主砲攻擊她們。若是使用發射〈世界樹之葉〉這種程度的攻擊，也很難一舉殲滅如此多數的敵人。

或許是察覺到琴里的想法，神無月靜靜地開口說道：

「如果可以的話，請派我迎戰吧。」

「……沒辦法了。那就拜託──」

就在琴里開口說話的瞬間，艦橋內再次響起警報聲。

「這一次又是什麼事！」

「天宮廣場上空出現另一個巨大反應！這……這是──」

就在船員表現出驚慌失措的同時，螢幕再次切換畫面，播放出引起這波新反應的真實身分。

「什……難道……那是……」

看見那個身影，琴里不禁嚥下一口口水。

◇

「什麼！」

──正要扣下扳機的瞬間。就在前方天空突然綻放耀眼光芒的同時，全罩式耳機傳來熱源接近的警示聲，潔西卡立即採取緊急迴避的行動。

潔西卡在一秒之前所待之處，被一道驚人的魔力洪流貫穿。一架〈幻獸・邦德思基〉遭受波及，身體的上半部因此被吹飛。

目睹這股不合理的威力，潔西卡不禁刷白了臉。

雖然精密度比不上巫師，但是〈幻獸・邦德思基〉全身周圍也會隨時展開隨意領域。

就算來不及強化防禦，但是能把那道隱形屏障當成薄紙般一擊射穿，理論上是不可能的事。

「怎……怎麼了！」

「前……前方出現高能量反應！」

「不是……精靈。那是生成魔力的反應！這……這難道是——」

「那個」，從前方的雲層之中現身了。

——「那個」是足以用坦克或是堡壘來形容，外觀奇形怪狀的兵器。

它擁有兩座猶如大樹般的巨砲，是個體積相當龐大的金屬物。其內側裝備有將接觸到的所有東西切斷之前，可能就會讓它先行蒸發的高輸出功率雷射光劍。後方則有收納大量武器、造型粗獷的武器貨櫃。

而且在其中央，猶如鑲嵌了一枚徽章般，可以看見一名巫師的身影。

——陸上自衛隊巫師鳶一折紙上士。

「啊……」

不過，就算見到熟悉的面孔，潔西卡還是忍不住全身顫抖。

「怎麼——可能，難道是……〈White Lycoris〉……？」

她以驚訝的語氣如此說道。

那個「怪物」的身影，潔西卡只有在自己的祖國看過一次。

如果想要單獨一人消滅精靈，究竟需要多麼堅強的戰力呢——

那是以光說不練的情報部所計算出來的數值為基礎，由憨直的開發部所製造出來的「最強缺陷機」。

由於測試員僅僅駕駛了三十分鐘便徹底變成廢人，所以這台機器便成為除了用來展示ＤＥＭ力量、技術與幽默象徵之外，別無他用的藝術品。

自己確實接收過這樣的報告。

有位愚蠢至極的巫師擅自把分配給陸自的〈White Lycoris〉駕駛出去，結果不旦沒有殺死精靈，反而還遭到禁閉處分。

聽到這件事情時，潔西卡當然笑了出聲。因為那可是連ＤＥＭ巫師都無法運用自如的裝備。

那個ＡＳＴ的瘋丫頭居然得意忘形地想要駕駛它，結果在什麼都做不到的情況下立即抵達活動界限而喪失意識……自己一直是這麼認為的。

但是——如果真是如此，那麼現在飄浮在潔西卡眼前的究竟是——

「為什麼……妳能駕駛〈Lycoris〉……！」

「…………」

折紙沒有回答，只是沉默不語地抬起頭來。

同一時間，裝備在左右邊的兩個巨大砲口轉向潔西卡一行人。

「嗚——改變目標！準備迎戰！」

潔西卡發出尖銳的叫聲，接著將槍口對準〈White Lycoris〉。

不過，下一瞬間，折紙立即揮舞雙手的光劍組合發射出雷射光刃，直接擊中潔西卡手中的雷射加農砲。

「什……」

沒有任何衝擊力。沒有激散出火花。不過，潔西卡立即因為感受到不對勁而皺起眉頭。

右手——動彈不得。

仔細一看，自己的右手被雷射光繩束縛，使得行動受到了阻礙。

「這種……東西！」

潔西卡向大腦下達指令，將隨意領域做局部強化。接著企圖甩掉光繩——不過，此時折紙已經再度將魔力砲對準潔西卡。她慌慌張張地驅動飛行推進器逃離原地。但是這個動作晚了一秒，魔力光還是掠過了潔西卡的隨意領域。

「妳……妳們在做什麼！擊落她呀！快一點！」

等到潔西卡大叫出聲之後，原本愣在原地的部下們才終於回過神來。展開隊形包圍折紙，接連不斷地發射出飛彈與雷射加農砲。

由於其中一發小型飛彈往下方偏離的緣故，從天宮廣場的方向傳來微小的爆炸聲——不過反正那原本就是預定要炸出一個大洞的建築物，因此誰都沒有多加留意。為了打倒眼前的怪物，所有人都專心一志地發射出所有子彈。將折紙環抱在中央的巨大〈White Lycoris〉立刻淹沒在一片濃密煙霧之中。

「停止射擊！」

在長達一百二十秒的集中火力射擊之後，潔西卡高聲吶喊。部下與〈幻獸・邦德思基〉停止射擊。

這是傾注所有最新型對抗精靈兵裝的全方位同時射擊。就算對手是那個〈White Lycoris〉也無法全身而退。不過——

「什……！」

「這……這是……！」

耳邊傳來部下們驚慌失措的聲音。潔西卡皺著眉用手按住全罩式耳麥。

「怎麼了！」

「身體周圍被施加了不屬於我的隨意領域——無……無法動彈！」

「妳說什麼……？」

潔西卡說完這句話的瞬間，原本蟠踞在眼前的白煙捲成漩渦往周圍散開。

在那之中，出現將後部的武器貨櫃全部展開，展現出好幾百個對抗精靈彈頭的折紙身影。

「……！迴避！」

即使放聲大叫也已經為時已晚。大量飛彈從武器貨櫃中被發射出來，朝著被限制住行動的巫師與〈幻獸・邦德思基〉飛過去。

噴射白煙並且發射出無數發彈頭的身影……

——看起來就像是彼岸花(Lycoris)似的。

「嗚啊……！」

「隊……隊長——！」

從搭載在全罩式耳麥上的通訊器傳來部下的哀號聲。數名隊員與〈幻獸・邦德思基〉被剛剛的攻擊所擊落，身上裝備冒出白煙之後往地面墜落。

潔西卡瞄了一眼投射在視網膜的感應器。看來，他們似乎並未失去生命反應，但是應該不可能再回歸戰鬥崗位了。

剛剛的砲擊幾乎擊落了近半數的人員。潔西卡用力咂舌後，在腦內傳達指令，開啟新的通訊迴路。

「——緊急事態！請求支援！」

不過，經過一會兒才回傳的通訊，卻是令人難以置信的內容。

「……啊……這個迴路現在無法使用。根據長官的命令，日下部燎子無法前往戰鬥現場。請重新確認之後再進行通訊。」

說出這些話的人很明顯的就是燎子。

「這種時候妳還在開玩笑！妳的部下正在這裡大開殺戒喔！」

不過，燎子只是重複相同的話，根本不打算理睬潔西卡。

「……原來是妳指使的。給我記著，我會找妳算帳的！」

潔西卡以怨恨的語氣如此說道，接著關閉與燎子的通訊迴路，開啟另一個頻道。

雖然不太想使用這個方法——但是也別無選擇了。總比以作戰失敗收場的結果還要好。

「這裡是亞德普斯3號！Emergency！請求緊急支援！」

潔西卡一邊躲避迎面而來的飛彈，一邊以尖銳聲音大喊道。

DEM企業日本分公司。恐怕是朝向艾薩克．威斯考特目前的可能所在地點大喊道。

◇

聽見從舞台方向傳來的歡呼聲之後，就像是與之呼應似地，心臟噗通噗通跳個不停。

「……咕嚕。」

嚥下口水溼潤因為緊張而變得乾涸的喉嚨。，順便做了一個深呼吸。但是，心跳速度卻完全沒有驅緩的跡象。不過這也沒辦法，因為士道如今正處於在舞台側邊等待上場的狀態。

順帶一提，樂團成員們現在所穿的衣服，是與剛剛相同的女僕裝。

其實本來有準備上台表演專用的衣服，但是亞衣、麻衣、美衣在持有那些衣服的狀態下退出戰線，於是就沒有耶俱矢與夕弦她們可穿的舞台裝。不過，就在這個時候，士道突然發現大家都穿著相同款式的衣服。

「嗯……應該勉勉強強能算是舞台裝……吧？」

前一所學校完成爵士演奏之後，所有成員一起敬禮。於是，現場再次響起掌聲。

士道往後方瞄了一眼，臉上完全看不見一絲絲緊張感的十香、耶俱矢與夕弦三個人正站在那裡。

「妳們看，耶俱矢、夕弦！我負責演奏這個樂器！」

「哦哦，原來十香的樂器是能發出清廉之音的鈴環嗎？」

「同意。非常適合妳。這句話並非嘲笑。」

即使到了上一組表演者已經下台，而工作人員也開始架設爵士鼓的這個時刻，她們依舊是一派輕鬆。士道不禁有點羨慕精靈擁有如鋼鐵般堅強的意志。

就在此時，右耳的耳麥突然傳來聽似警鈴的聲音。

「琴里？發生什麼事了？」

士道提出疑問。在經過一瞬間不自然的沉默之後，琴里回答道：

「……沒事，士道只要集中精神在舞台上就好了。」

「我……我知道啦！」

順帶一提，現在士道的右耳戴著〈拉塔托斯克〉的耳麥，左耳則是戴著聽取音樂專用的耳機。那是為了避免受到歡呼聲的干擾而聽不見音樂的必要裝備。不過由於雙耳都被耳機堵住的關係，士道變得有些聽不清楚來自外界的聲音。

「真的嗎？你看起來很緊張耶。」

「就算妳這麼說……我也沒有辦法呀。這也不是我能控制的。」

「教你一個舒緩緊張感的好方法吧？」

「啊？」

「在手心寫三次『幼女』，然後大口吞下去。」

「一般不是寫『人』嗎！」

「這跟寫『人』的意思沒有什麼差別吧。士道也覺得這個方法比較好吧？」

「不要說出這種會讓人誤解的話啦！」

「哎呀，不滿意嗎？……那麼你也可以寫『妹妹』喲。」

「啊……？為什麼？」

「……哼，沒有為什麼。」

不知為何，琴里不悅地哼了一聲。

就在此時，舞台側邊的工作人員向士道他們打出信號。看來會場的準備工作已經完成。

架設在舞台上的擴音器傳來廣播聲。

「——接下來是，自願參賽的都立來禪高中所帶來的樂團演奏。」

「啪啪啪啪！」會場響起呼應這段話的掌聲。

「好……好了，上台吧！」

說完後，士道邁步向前。十香、耶俱矢、夕弦也緊跟在後。

接下來，他們從昏暗的舞台側邊走到被聚光燈照射的舞台上——

「…………！」

士道不禁屏住呼吸。

之前觀看了美九的舞台演出，剛剛則是待在舞台側邊窺探觀眾席——與這兩者截然不同的感覺，覆蓋士道全身。

昏暗會場中唯一盈滿光線的舞台。座無虛席的觀眾。目不轉睛地注視自己的視線。

這些因素合而為一之後，形成一股重力箝制住士道的手腳。

「……原來如此。這還真是……不得了的景象吶。」

士道舔舔嘴唇，嚐到一絲鹹味。

已經進行過無數次彩排。為了避免怯場，也曾將〈拉塔托斯克〉全體人員集合在一起，讓士道在他們面前演唱。

但是——不一樣。兩者之間存在著明顯的差異。

正式表演的氣氛、正式表演的緊張感，這股壓迫感毫不留情地凌遲著士道的精神。

——不過……

「……哈哈。」

士道輕輕笑出聲。

的確，這是自己有生以來初次站上大舞台。

但是這種不曾體驗過的感覺，士道卻早已瞭若指掌。

那是與十香、四糸乃、狂三、琴里、八舞姊妹……

與精靈們對峙的，感覺。

只要選錯一個選項就有可能會丟掉性命，隨時隨地處於極限狀態的約會。在重複過許多次之後，士道的心臟也在不知不覺間被鍛鍊得更加堅強。

士道拿著吉他站到舞台中央的麥克風架前方，接著看向左右後方。

右邊是十香、左邊是夕弦、後方則是耶俱矢。全體人員就定位之後，點了點頭回應士道的視線。

順帶一提，十香與夕弦前方也架設有麥克風架。因為歌曲中還有和聲與合唱的部分，為了製造假象所以才會特地準備麥克風架。

在完成調音的動作之後，士道一行人再次交換視線並且互相點頭。

「呵呵……很好，那麼開始演奏通往冥府的死亡旋律吧！」

耶俱矢在發表這種危險發言的同時，喀、喀地敲響鼓棒。

配合鼓棒聲響起，士道開始彈奏吉他。同一時間，左方傳來夕弦以精湛技巧彈奏出來的貝斯聲，右方則是十香的鈴鼓聲。

輕快的伴奏。雖然歌聲是由專業歌手演唱，但是這段演奏卻是士道他們親自彈奏出來的。

一旦開始演奏，接下來就是發揮練習的成果。吉他撥片在琴弦上狂舞奔馳，隨心所欲地演奏出曲子。原本充斥全身的緊張感，漸漸轉變為興奮感。

不過——此時卻出現了異常情況。

「……咦？」

演奏途中，士道皺起眉頭。

前奏已經結束——但是歌聲卻沒有被播放出來。

就在士道察覺到這件事的同時，耳麥突然傳來琴里著急的聲音。

「士道！緊急狀況！天宮廣場的電路配線遭到不明攻擊而造成部分毀損，所以無法使用原先準備好的音源了！」

「什——那……那麼現在該………」

「只能唱現場了！我現在立刻開啟麥克風！」

「啊……那……那種事，就算妳突然這麼跟我說——」

麥克風在下一瞬間響起刺耳回音，士道因此停止說話。如果繼續與琴里對話的話，士道的聲音就會被麥克風接收並且響徹整個會場。

但是就在一片混亂之際，演奏仍然繼續進行著。

幸運的是經過反覆練習的士道的手指，並沒有因為腦中的混亂而停下來。但是士道卻因為情況發生得太突然而唱不出歌詞來。

一開始跟隨士道一行人打著拍子的部分觀眾，似乎已經開始察覺到不對勁。位於舞台前方的觀眾們紛紛歪著頭露出困惑表情。

「啊——」

完全無法與之前比擬的異常緊張感束縛士道的全身。牙齒開始打顫、雙腳開始顫抖、視線開始漸漸模糊。

乾脆直接昏倒吧？這個想法在腦海中一閃而過。自己也發覺那是一個危險的念頭。面對突如其來的意外，腦中想的並不是如何拯救這首歌曲，而是利用其他要素毀掉這場表演。這種負面思考開始侵蝕士道的頭腦。

這就和因為沒有完成作業所以祈禱隕石墜落到學校裡的小學生沒什麼兩樣。沒有建設性與發展性，冀望一擊逆轉局勢的毀滅性思考。

不行、不可以啊。士道在腦海中對自己如此說道。如果在這裡停止演奏，就絕對不可能打敗美九了。

不過，這個想法卻促使士道的焦躁感越發劇烈，記憶也變得更加模糊。無法唱歌、不能出聲，連呼吸也變得越來越急促。

「嗚……啊……」

就在──這個時候。

「──────！」

可以聽見……

——不知從何處，傳來的……歌聲。

「咦……？」

一瞬間，還以為是電路配線已經恢復正常，然後播放出原先準備好的歌聲——不過事實並非如此。

因為那與記憶中的歌聲相比，是完全截然不同的聲音。正確來說，這個聲音——

士道沒有轉動脖子，僅僅移動視線。然後……

「十……香？」

士道以麥克風接收不到的微弱音量呼喚那個名字。

沒錯。站在士道右手邊的十香一邊按照節拍揮動手中的鈴鼓一邊開口唱著歌。

而且更加令人驚訝的是——她的歌聲……

「好……厲害。」

已經到達幾乎要使人聽到入迷的程度，唱得非常好。

不，正確來說，用「唱得好」來形容她的歌聲其實並不貼切。因為……她並沒有完全按照旋律來唱歌，很多地方都是自己即興發揮。不僅如此，有時候還會唱錯歌詞。

但是，該怎麼說呢？她聲音的音色、歌聲，都能神奇地挑起聽眾的興奮情緒。

「————」

就在此時，注視十香表情的士道，不自覺地瞪大眼睛。

登上大舞台的氣勢、對於美九的敵意、身負重任的義務感，從十香的表情完全感受不到這些東西。

只是，單純的快樂。

十香表現出對於能與士道他們一起演奏這件事情感到相當高興的樣子，在「音」符之中盡情享「樂」。

——不對。士道輕輕搖頭。

必須彈奏得相當出色才行、必須贏過美九才行。在強迫自己持續地練習的情況下，士道一直沒有意識到這一點……那就是十香在練習時，一直都是這種表情。

那段歌詞應該不是十香刻意背下來的。而是在聆聽士道、折紙唱歌的時候，不知不覺記下來的吧。

「……哈、哈、哈。」

士道自然而然地笑出聲來。

直到剛剛為止都還纏繞在雙手雙腳的沉重壓力，像是騙人似地消失不見了。手指以連自己都難以置信的速度輕快移動著。

意識到這一點的瞬間，士道撥彈出至今為止最強而有力的琴聲。

並非想要表演國中時期苦心鑽研的「華麗技巧」，也不是自己的搖滾之魂突然覺醒。

——像這種照本宣科的演奏方式，根本配不上十香的歌聲！

士道只是單純的，這麼想而已。

現在的曲調恐怕已經變得亂七八糟了吧。這也難怪。如果能以這種半吊子的演奏技巧創作出完美即興表演的話，士道明天就能遞出退學申請轉戰演藝圈了。

不過，現在的情況……

現在的情況不一樣。

因為，士道現在並非單獨一人……！

察覺到士道脫稿演出，耶俱矢與夕弦立刻完美地配合士道那亂七八糟的演奏。然後，似乎是發現曲風的變化，十香往士道的方向瞄了一眼，臉上綻放出耀眼動人的笑容。

「…………！」

瞬間——「噗通！」心臟重重跳了一下。

不是剛剛那種令人討厭的緊張感所引起的。而是其他因素——

不過，士道現在並沒有多餘的腦容量可以去思考這件事情。

歌曲的第一段落結束，進入伴奏。

此時，士道的心中悄悄萌生一個欲望。
一個很單純的願望。
——想要和，十香一起唱歌。
在這個舞台上，與十香一起唱歌！
士道並非無可救藥的音癡，但也不是名歌唱好手。至少，是被琴里嫌棄過「這樣無法打敗美九」而被捨棄的歌唱實力。
但是，即使如此，士道還是順從了突然在心中萌芽的欲望。
當第二段落開始的同時，士道配合著十香開始唱起歌來。
「…………！」
十香在繼續唱歌的同時，驚訝地看向士道。
不過，瞬間過後，十香露出比剛剛更加愉悅的表情唱起歌來。
而士道也像是不想落後於十香一般，盡全力唱著歌。剛剛一直想不起來的歌詞，現在卻能下意識地用嘴唇編織出來。
在唱歌的這段期間裡，士道將與美九之間的比賽完全拋諸腦後。
任憑一個簡單的感情支配整個大腦。

好快樂！

——好快樂！

——好快樂！

……等到回過神的時候，曲子已經表演結束。

肩膀搖晃了一下。士道發現自己汗如雨下，全身像是跳進游泳池般濕淋淋的。

「士道！」

十香露出令人目眩神迷的笑容跑過來。

「手！」

「哦……哦哦！」

就在士道聽從指示舉起手的時候，十香的手「啪！」的一聲拍向自己的掌心。

這一瞬間——

士道的耳朵，聽見連耳麥與耳機都隔絕不了的拍手聲與震耳欲聾的歡呼聲。

「巫師，六——人偶，五台……」

細數被投射在視網膜上的感應器的反應數量，折紙輕聲呢喃道。

目標，還剩下十一台。大約擊落了原本數量的三分之二。

「…………」

在視線角落捕捉到剛剛擊落的機器人殘骸墜落地面的畫面之後，折紙呼出一口氣。

細長身體、厚重手腕、與人類關節方向相反的腳部、猶如全罩式安全帽的光滑頭部，以及裝備在身上重要部位的CR-Unit等等。

折紙確定自己看過那些擁有人偶外型的機械。

兩個月前，前往或美島的教育旅行。折紙打算外出尋找在暴風雨中遲遲未歸的士道，而在當時擋住折紙去路的，就是和它們同機種的機器人。

在看見那些人偶——〈幻獸·邦德思基〉與ＤＥＭ巫師一起出現時，折紙感到相當訝異。但是現在反倒成了折紙想通來龍去脈的重要因素。

這些機器人能夠使用理應只有與人腦連接後才能啟動的顯現裝置——曾經因為這種異常高超的技術水準而產生懷疑，如今事實也證明那應該就是ＤＥＭ公司的產物。

如此一來，折紙終於知道這些人偶在教育旅行目的地現身的理由，也明白為何將它們的存在向上級報告卻沒有提出任和檢討方案的原因了。

「……我不會……讓你們碰士道一根汗毛。」

折紙用力咬緊牙齒，在腦內下達指令。

瞄準鎖定視線中的巫師與人偶，限定展開定點隨意領域。雖然同時展開十個以上的隨意領域會降低精準度，不過還是有可能在瞬間讓敵人動彈不得。迅速展開五號到八號貨櫃，朝目標發射飛彈。

所有巫師皆從束縛中掙脫出來，在千鈞一髮之際避開攻擊。不過有兩台〈幻獸．邦德思基〉分別被擊中頭部與身體之後往下方墜落。

「可惡、可惡，妳到底是怎樣呀！」

理所當然的，潔西卡以及所有殘留在現場的ＤＥＭ巫師們開始瞄準折紙，發射雷射加農砲與飛彈。

不過，折紙並沒有好心到再一次承受全部的攻擊。啟動搭載在武器貨櫃下方的高輸出功率飛行推進器，以完全看不出是〈White Lycoris〉這種巨型機體該有的速度在天空中快速飛行。

對於來不及躲避的攻擊，折紙則是在預定的飛行路徑上展開定點隨意領域，或是在一瞬間強化中彈部位的隨意領域來防禦攻擊。

折紙在赤手空拳的情況下，根本不是〈幻獸・邦德思基〉的對手。但是當她裝備上〈White Lycoris〉之後，情況又另當別論。

能操控顯現裝置的無人兵器。那確實是個令人吃驚的重大威脅，但是單純的戰鬥能力卻遠遠不及人類巫師——這是折紙對於它們的評價。精密驅動能力與操控顯現裝置的技術等方面，完全比不上人類巫師們。對於現在獨自一人就擁有媲美一個中隊規模火力的折紙而言，反倒成了最好的標靶。

「射擊！射擊！」

巫師們似乎沒有吃足苦頭，繼續發動天羅地網的攻擊。幾乎要掩蓋整個視線的大量彈藥，朝折紙逼近而來。

無法完全躲避如此大量的攻擊。折紙在瞬間做出判斷之後，強化包覆在身體周圍的隨意領域防性。這波攻擊的威力並不強。如果只是這種程度，不管承受多少次攻擊——

「……！」

就在如此思考的瞬間，折紙的視線突然搖晃了一下。

隨意領域在瞬間崩解，好幾發彈藥擊中〈White Lycoris〉的裝甲產生爆炸。劇烈衝擊強烈晃

動折紙的頭部，一股輕微的嘔吐感襲向折紙。

「嗚——」

折紙的表情微微扭曲，驅動飛行推進器暫時逃離現場。最後飛到一個可以將殘留在現場的巫師們盡收眼底的位置之後停下來，調整呼吸。

「…………嗯？」

潔西卡直盯著折紙，對她表現出來的舉動表示困惑，挑了一下眉。

「啊——哈哈。哈哈哈哈哈！是嗎，原來是這樣呀！」

直到剛剛為止還鐵青著一張臉的潔西卡，突然愉悅地大笑出聲，用手指向折紙。

「優秀的巫師小姐，看來妳已經抵達極限了呀。」

聽見潔西卡的話以後，折紙半瞇起眼睛。就在此時，嘴角突然產生一陣黏滑觸感。

眼神緊盯著敵人不放，伸手擦拭。接下來，折紙發現自己的手心沾有血跡。自己似乎是流鼻血了。

原本以為是剛才的衝擊所造成的傷害……但是折紙猜錯了。

「這……是……」

被緊接而來的強烈頭痛與暈眩感侵襲的同時，折紙低聲呻吟。

這種感覺以前也曾經體驗過——已經到達活動界限了。

「呼……哈哈哈！好可惜呀，真的是好可惜呀。不過如此一來，代表勝負已定了。」

就在潔西卡微笑的同時，她背後的天空中突然出現好幾個影子。是〈幻獸・邦德思基〉。

機身完全看不見任何損傷。看來，這些機器人並不是折紙先前所擊落的，而是不知從何處被送過來增援的新機體。

察覺到這一點之後，潔西卡的臉上浮現勝券在握的笑容。

「哼，看來情勢逆轉了喔。妳剛剛還真是囂張呀——別以為我會輕易放過妳。」

「……嗚！」

身處頭痛欲裂、視線漸漸變得模糊不清的狀況之中，折紙用力咬緊了牙關。

◇

第一天的表演者們群聚在天宮廣場中央舞台上。

每個人皆露出緊張神情、屏住呼吸，靜靜等待主持人出聲說話。

不過這也難怪。因為現在來到了所有表演結束、完成投票，即將發表得獎學校的關鍵時刻。

「舞台部門第三名——仙城大學附屬高中！」

主持人的聲音透過擴音器唸出校名的瞬間，四周響起歡呼聲與拍手聲，站在舞台上的仙城附

中的表演者們也發出欣喜叫聲。

他們是出場順序被排在士道一行人之前，表演爵士音樂的團體。士道也啪啪鼓掌致賀。

既然被票選為第三名，代表他們的演出應該相當出色吧。士道的感想如此曖昧不清的理由其實相當簡單……雖然他待在舞台側邊這個距離表演者最近的位置聆聽演奏，但是因為當時過於緊張，所以幾乎沒有留下任何印象。

「第二名！」

接下來，像是要抑止歡呼聲似地，廣播聲再次響徹會場。

事實上，接下來要發表的結果才是觀眾們真正所關注的。原本充滿拍手聲、歡呼聲以及口哨聲的會場，立刻變得一片寂靜。

大家的腦海裡，一定都浮現出兩所學校的名字。

會是常勝軍龍膽寺的現任偶像——誘宵美九所展現的精彩演出？

還是在最後的最後，由來禪高中上演的奇蹟演出？

不知是不是感受到精靈獨有的靈氣的緣故。無論是誰，都能看出這兩個表演明顯不同於其他表演。

連主持人也表現出幾分緊張情緒，停頓了一會兒，吸了一口氣繼續說道：

「——以些微之差落敗的來禪高中！」

「…………！」

在擴音器播放出這個名字，設置在舞台上的大型螢幕顯示出結果的那個瞬間，士道忽然感受到時間停止流轉的錯覺。

處於晚了一秒才響起的拍手聲、歡呼聲，與些微議論紛紛的聲音之中，士道瞪大了眼睛。然後，美九那嘴角上揚的表情，映入眼簾。

不過這也是理所當然的。因為士道一行人獲得第二名的話，也就代表了——

「然後，榮獲舞台部門冠軍的是……！」

在廣播聲響徹會場的同時，「喀！」聚光燈一齊照在美九身上。

「果然實力堅強！王者龍膽寺女子學院！」

「哦哦哦哦哦哦哦哦哦哦哦哦哦哦哦哦哦哦哦哦哦哦哦哦哦哦哦哦——！」

盛大的歡呼聲讓會場內的空氣劇烈蕩漾。

「士……士道……」

就在士道精神恍惚之際，十香一邊看著螢幕上顯現出來的名次順序一邊開口說話。她的臉上布滿不安的神情，指尖微微顫抖。

「我……我們輸了……嗎……？因……因為……我唱歌的緣故……」

「不，不是的！這不是十香的錯！」

即使士道拚命搖頭，十香臉上那泫然欲泣的表情仍舊沒有消失。彷彿是完全聽不見士道所說的話一般。

「呵呵、呵呵呵呵……」

十香發出軟弱聲音之後，背後突然傳來美九意味深長的笑聲。

「美九……」

「妳看吧，我說得沒錯吧？妳就是太相信自己的同伴了，所以才會落得這樣的下場～」

將仍然持續說話的主持人的廣播聲當作背景音樂，美九滿臉微笑地往這裡靠過來。

接下來，走到士道面前的美九輕輕抬起士道的下巴。

「無論如何，約定就是約定～士織同學，以及被士織同學封印靈力的五名精靈，從今天開始就是我的人了。」

「嗚——」

「呵呵呵～不要那麼害怕嘛，我會好好疼愛妳們的——」

就在此時……

美九的話才說到一半，主持人突然用從開場以來最大的音量吶喊道：

「——因此！天央祭第一天的總冠軍便是來禪高中————！」

「………咦？」

美九驚訝地瞪大眼睛。

士道一行人也做出相同的反應。老實說，他們剛剛根本沒有仔細聆聽主持人的解說。彷彿是在回答士道他們的疑惑一般，主持人繼續說道：

「居然出現如此出人意外的結果。龍膽寺雖然在舞台部門以他人望塵莫及的壓倒性表演奪得第一名，但是今年在展示部門與販賣部門的表現卻不盡理想吶。」

「咦……？咦……？」

美九滿臉疑惑地左右晃動腦袋。

「因此獲得舞台部門第二名的來禪才能趁機超前。尤其是販賣部門的女僕咖啡店獲得了相當驚人的票數！雖然在審查階段時曾經引起爭議，不過執行委員的努力還是奏效了！」

「哈、哈……」

士道無力地笑出聲。

沒想到亞衣、麻衣、美衣會在這種場合幫上忙。

「士道！」

十香的表情在瞬間改變之後飛撲過來。接下來，耶俱矢與夕弦也立即從左右兩邊抱住自己的脖子。士道馬上處於不得了的狀態之中。

「呵呵呵！那是當然呀！只要吾等出馬，這種事可說是輕而易舉！」

「同意。耶俱矢說得沒錯。夕弦兩人是所向無敵的。」

就在一片混亂之際，士道才終於實際感受到……

──贏了。

贏了、贏了！

打敗美九，打敗龍膽寺了！

「──那麼，現在開始舉行頒獎典禮。請各校代表出列。」

主持人說完這句話之後，催促三組表演者走到前面來。

不過──

「……別開玩笑了。這……這算什麼呀──」

美九顫抖的聲音從背後傳來。

「這樣不是很奇怪嗎……？我怎麼可能會輸呢……」

「那……那個……誘宵同學？」

無視主持人的呼喚，美九踏著搖搖晃晃的步伐往前走。

「我可是──誘宵美九耶。我……我……！」

「……美九。」

士道將手擱在胸前抑止因為興奮而劇烈跳動的心臟，以平靜的聲音開口呼喚，然後往美九身邊走過去。

此時，美九的身體顫抖了一下。

「不要……我……我獲勝了呀……我明明獲勝了！是那些人……是那些人不好好做！」

「……話不能這麼說，龍膽寺的學生們一定也盡了全力。」

「我……我不管！我才不管呢！我……我明明獲勝了……！」

「啊……」

聽見美九的話，士道有點難為情地搔了搔臉頰。

然後，即使自己都覺得有些做作，不過士道還是開口說道：

「該怎麼說呢……這一切……都是託同伴們的福。」

「……同……伴……」

美九以怨恨的語氣低聲呢喃，並且露出苦澀的表情。士道用力點頭。

「沒錯。在唱歌方面，我們確實比不過妳……但是，女僕咖啡店以及用心準備展覽的學生們卻彌補了我們的缺點。」

「妳……妳在說什麼呀……別開玩笑了……同伴……？哈哈，人類這種生物，怎麼可能派得上用場……」

「不過，就算是人類，只要靠著羈絆連繫在一起，就能勝過妳。」

美九啞口無言。士道繼續說道：

「吶，人類……其實很有意思吧？所以，美九妳也——」

「…………妳吧。」

「咦？」

聽不清楚美九的話，士道反問道。

「同伴？羈絆……？我來好好告訴妳吧。那種東西，在我面前根本毫無用武之地……！」

接下來，美九倏地抬起原本低著的頭，大大張開雙手。

「——〈破軍歌姬〉（Gabriel）！」

就在美九發出響徹會場整個區域的尖叫聲之後，下一瞬間，美九腳下的空間突然產生往外擴散的放射狀波紋。

像是在呼應美久的聲音一般，從那個波紋的中心部位，有個看似巨大金屬塊的東西浮現在舞台上。

數根銀色的細長圓筒連結著笨重本體，呈現奇特形狀。它的外觀看起來就像是設置在教堂內的巨大管風琴。

觀眾們似乎也察覺到這並非表演節目。周圍開始響起喊叫聲。

不過，美九卻完全不理會這些騷動，伸出右手從左往右一揮。於是，在她用手畫過的軌跡上，浮現隱約綻放光芒的光帶。

不，稱它為「光帶」似乎有點不太恰當。因為有好幾條像是要包圍美九身體一般畫出曲線的細線條也迅速延伸，最後構成猶如鋼琴或管風琴的琴鍵鍵盤的形狀。

不明白美九招喚這個天使的用意為何。但是不難想像美九應該會利用天使對目前待在現場的人們造成毀滅性的傷害。

「美九！等等！請聽我說！我——」

「歌唱吧，詠唱吧，謳歌吧——〈破軍歌姬〉！」

但是美九完全不理會士道的解釋，展開雙手手指敲擊圍繞在自己身邊的光之鍵盤。

————嗡嗡嗡嗡嗡嗡嗡嗡嗡嗡嗡嗡嗡嗡嗡嗡嗡嗡嗡嗡嗡嗡嗡————————————！

瞬間，聳立在美九後方的巨大天使開始發出驚人巨響。

聲音在規則相連的銀色圓筒中重重回響，接著擴散到周圍。整個會場的空氣劇烈震動著，甚至連整個身體也隨之震動。

「嗚……！啊……！」

下意識地，摀住耳朵。

不過，士道並非無法忍受那個巨響所以才採取這個舉動。

而是因為透過空氣敲擊在士道鼓膜上的聲音，像是要侵蝕士道大腦核心般滲入體內——沒錯，簡直就像是將美九的「請求」強化好幾倍之後的感覺。

經過十幾秒之後，如同暴風般在會場內肆意奔馳的〈破軍歌姬〉的聲音漸漸轉弱，最後完全消失不見。

「……！……！」

士道戰戰兢兢地，鬆開摀住耳朵的手。除了耳朵還在輕微耳鳴之外，身體在其他方面沒有出現任何變化。

不過，士道還是馬上察覺到異常。

因為就算耳鳴的現象消失，士道還是沒聽見從周圍傳來的任何聲音。

會場裡明明聚集了那麼多人，卻連一絲絲吵雜聲與腳步聲都沒有。

難道是被剛剛的攻擊奪走聽力了嗎……？這個憂慮浮現在士道的腦海裡。畢竟精靈所擁有的天使可是一種「具有形體的奇蹟」。所以即使真的發生這種事情也不足為奇。

「什……」

不過，事實並非如此。在耳朵清清楚楚聽見自己發出的驚慌聲音的同時，士道環顧四周。

一片相當異常的景色映入眼簾，士道不自覺地倒吸一口氣。

會場裡仍然聚集著好幾千名觀眾。

話雖如此，但是那些觀眾卻毫無例外地一齊立正站好，身體一動也不動，面無表情地凝視著舞台上方。

「這……這是……」

就算是經過嚴格訓練的軍隊也無法達到這個標準。簡直就像是不小心闖進假人模特兒的製作工廠似的。

「美九，妳……難道……！」

士道大聲喊叫並且看向美九。

「呵……呵呵……呵，妳說……同伴嗎？真是美麗呀，多麼美妙呀！」

美九像個壞掉的人偶般放聲大笑。

「——輕而易舉，就能加以破壞。」

說完後，美九再次彈奏光之鍵盤。像是在呼應那個聲音，觀眾們倏地做出稍息的姿勢。

「呵呵、呵呵呵，如此一來，妳的同伴們全～部都變成我的人了喲。吶，士織同學，妳所說的羈絆那種東西，我只需要一根手指就能隨心所欲地操控了喲。」

「嗚……」

看見士道的臉上浮現痛苦的表情，美九露出愉悅的笑容，用手指敲擊琴鍵。

接下來，站在舞台上的表演者們繞到士道背後，用力按住士道的雙臂。

「什……你們，放開我！」

即使拚命掙扎，表演者們還是不為所動。

心滿意足地眺望這一幕，美九推開光之鍵盤，悠然地往士道的方向走過來。

「勝負與約定都已經無關緊要了。重要的是，這個世界必須繞著我旋轉才行。」

美九一邊說話一邊露出妖豔笑容，將手放到士道的身上……不停來回遊走。

「噫……！」

「呵呵，士織同學還有精靈們，全部都是我的——」

就在此時……

一邊熱情說話一邊撫摸士道身體的美九，在觸摸到士道下腹部時突然停止動作。

「……嗯？……嗯嗯？」

接下來，美九歪著頭從原地往後退了一步，然後將剛剛撫摸士道身體的手掌不斷地張開、握起來。

「剛剛的觸感……討……討厭，難道是……」

美九困惑地皺起眉頭，接著再次彈了一個響指。

「給……給我確定清楚！」

於是，兩名站在舞台上的學生重新出現在士道的兩側，面無表情地用力掀起女僕裝的裙子。穿在裙子裡、毫無魅力可言的短褲因此暴露在大家眼前。

「嗚啊……！你……你們想幹什麼……！」

士道不禁漲紅了臉大叫出聲。然而事情還沒有結束。此時又有一名女學生走了過來，這一次則是將士道穿在身上的短褲連同內褲一起脫了下來。

「呀啊啊啊啊啊！」

士道發出慘叫聲不斷扭動手腳，於是按住他的學生們才終於鬆開手。士道慌慌張張地將內褲、短褲以及裙子恢復到原來的位置。

不過……根本沒有時間讓士道喘口氣。

因為不知何時從士道身邊逃離、站得遠遠的美九，露出彷彿面臨世界末日的表情，將顫抖的手指以及因為恐懼而瞪大的眼睛投向士道。

「士……士士士士織……同學，妳是……男……男男男男男……生……！」

美九的眼睛不斷轉動，臉色變得一片蒼白。

「美……美九！冷靜一點！我——」

士道為了讓安撫美九而提高音量說話——但卻為時已晚。

「嗚呀啊啊啊啊啊啊啊啊啊啊啊啊啊啊啊啊啊啊啊啊啊啊啊啊啊啊啊————！」

美九放聲尖叫，飄浮在天空中的光之鍵盤立刻飛回美九身邊。美九又開始演奏了。

不過，士道已經沒有閒情逸致去欣賞那首曲子。

在美九開始演奏的瞬間，留在舞台上的表演者和主持人以及會場內的所有觀眾，都不約而同地往士道的方向跑過來。

「嗚……嗚哇啊啊啊啊啊啊啊！」

「好了，我會讓你後悔的！後悔你曾經欺騙過我……！」

在怒吼聲與腳步聲中，傳來美九的聲音。

「嗚……！」

士道皺著眉握緊拳頭。無處可逃。數秒之後，士道將會被觀眾所形成的人海所淹沒。

既然如此——只剩下唯一一個選擇了。

「可惡……！」

士道下定決心之後，朝著前方——也就是美九所在的方向跑過去。

沒錯。去攻擊操控著大家的美九。雖然成功的機率很低，但是只剩下這個方法了。

——不過……

「什……！」

士道發出狼狽的叫聲。因為就在士道逼近美九面前的瞬間，周圍的溫度突然急速下降。同一時間，出現一道像是要隔開士道與美九的冰牆，阻止士道繼續前進。

「這個……難道是！」

士道驚訝地瞪大眼睛。接下來，從後方傳來耳熟的聲音。

「嗯～呵呵，真～是好險吶～你怎麼可以做這種事呢？」

「我……我會……保護姊姊大人。」

往聲音傳來的方向看過去。出現在眼前的是以含糊不清聲音說話的巨大兔子人偶，以及緊靠在人偶背上，限定解除靈裝的四糸乃的身影。

「四糸乃！妳……為什麼會——」

話才說到一半，士道突然恍然大悟。四糸乃剛剛說出口的稱呼……「姊姊大人」。那和身為美九粉絲的龍膽寺學生們，以及被美九「請求」的亞衣所說的話一模一樣。

「難道……妳……」

最壞的揣測掠過士道腦海。

就在下一瞬間，一陣劇烈的暴風氣流席捲整個會場，狂暴地吹襲士道的身體。

「嗚……！」

這個突發狀況，讓士道不禁跌坐在地上。

與此同時，上方突然響起目中無人的笑聲。

「呵呵……真是愚蠢。居然敢反抗吾等姊姊大人，證明你是個缺乏智慧的人類。」

「肯定。這是個輕率而無謀的行動。夕弦不會讓你碰姊姊大人一根汗毛。」

說話的同時，耶俱矢與夕弦輕巧地飛舞在空中，最後停在美九的上空處。

雙方都穿著限定顯現出來的靈裝拘束衣。耶俱矢手持巨大的長矛；夕弦則是拿著看似靈擺的武器。

「連……連妳們都……！」

士道以絕望的心境低聲細語。看來，美九的天使所釋放出來的「聲音」，連被封印靈力的精靈們都能支配。

「呵……呵呵，啊哈哈哈……！這是什麼啊！」

突然傳來美九的笑聲。

「你好壞呀，士織同學。原來會場就有這麼多名精靈！而且都是我喜歡的類型！啊啊……好棒呀，真是太好了！」

說完後，美九以滑稽的姿勢扭動身體。

「好了……如此一來，你已經沒有利用價值了。我還是快點把你解決掉，然後和精靈們一起玩耍吧——好，動手吧！」

美九更加用力地彈奏光之鍵盤。接下來，四糸乃與八舞姊妹以滿懷敵意的眼神投向士道。

而且，情況也在此時變得更加惡劣。

因為與四糸乃她們一樣限定解除靈裝的十香，慢慢的……從表演者的人群之中走了出來。

「難……難道，連十香都……騙人的吧……？住手——」

完全不理會士道的話，四糸乃釋放冰冷氣流，八舞姊妹也放出強烈風壓。

「嗚……嗚哇啊啊啊啊啊！」

士道彎下身體，準備接受這波衝擊。

不過——緊接著襲向士道身體的，卻不是刺骨的冷氣與幾乎要摧毀一切的風壓，而是一股奇異的飄浮感。

「——咦？」

士道發出錯愕的聲音之後，他的視野也從舞台上轉移到架設在天花板邊緣的貓道上。

「士道，到底發生什麼事了……？」

聽見了耳熟的聲音。定眼一看，出聲的人正是限定顯現出靈裝的十香。看來，十香似乎趕在士道被觀眾所形成的人海所淹沒之前，抱起士道往後飛行並且退避到天花板附近。

……正確來說，十香現在正不費吹灰之力地將士道抱在懷裡。而且還是以俗稱「公主抱」的姿勢抱著士道。

「…………」

士道雖然得救了，卻因此陷入複雜心境之中。他的臉頰不禁抽搐了一下。

不過，現在不是計較這種小事的時候。當士道降落在貓道上後，立刻對十香說道：

「謝謝妳救了我。不過，十香……妳為什麼都沒有受影響呢？四糸乃她們都已經被美九操控了……」

「……嗯？」

士道說完，十香不知為何一臉疑惑地歪著頭，接著說了一句「哦哦！」，像是想起某件事情般拍了拍手，然後將手伸向自己的耳朵。緊接著，「啵！」取下塞在耳裡的耳機。十香似乎從表演的時候開始就一直戴著耳機。

「妳……那是……」

「嗯，因為覺得只戴單耳的話會無法取得平衡，抓不到節拍。」

「………」

只是打個鈴鼓而已，有需要裝備得那麼齊全嗎？這個疑問瞬間浮現在腦海中，不過士道還是決定不把這個問題說出來。

「士道，所以……」

「沒錯……大家應該都受到美九操控了。」

聽見士道的話，十香俯視站在舞台上的美九。

美九一臉氣憤地瞪著逃到貓道的士道，然後改變手指在鍵盤上的彈奏方式，讓〈破軍歌姬〉的音色產生變化。

接下來，觀眾們一齊轉過身，走進舞台側邊。他們恐怕是打算從後台爬上階梯來到這個通道吧。甚至有一部分的人不知道在想什麼，居然朝著士道所在的方向攀爬上會場的牆壁。

不過比起那些人，現在最棘手的還是四糸乃與八舞姊妹。三人仍然守護著美九並且對士道與十香投以銳利的視線。只要有她們在，根本無法接近美九。

「嗚……」

士道愁眉苦臉地敲了敲耳麥。

士道明白這麼做根本無法解決問題，也明白不能放任這種狀況不管。但是，目前也只能暫時撤退了。畢竟現在的對手可是四名展現明確敵意的精靈。就算有十香在身邊，也不可能會獲勝。

請十香劈開會場的牆壁，逃到空中，然後再讓〈佛拉克西納斯〉接兩人回艦上。這是目前能殺出重圍的最好方法。

過了一會兒，從耳麥傳來耳熟的聲音。

「喂，有什麼事嗎？」

明明應該透過自動攝影機了解目前的危機才對，但是不知為何琴里的聲音卻聽不出一絲絲緊張感。士道不禁皺起眉頭。

「琴里嗎……？現在的情況很糟糕。我們要逃到外頭，所以趕快讓〈佛拉克西納斯〉接我們回艦上！」

「啥？」

然後，士道的疑慮在瞬間之後轉換成更深沉的絕望。

「──你這是在說什麼呀？像你這種忤逆『姊姊大人』的笨蛋傢伙，應該直接在原地被碎屍萬段喲。」

「琴……里……？」

士道只能錯愕地呼喚妹妹的名字。

◇

「……這……究竟是……」

返回〈佛拉克西納斯〉的令音在踏入艦橋的那一瞬間，就因為感受到異常氣氛而皺起眉頭。

想要對美九在觀看士道他們的舞台表演時的精神狀態進行分析。令音接到這項聯絡之後，便將四糸乃託付給其他成員回到〈佛拉克西納斯〉。在這段期間內並沒有任何異狀……看來在令音離開傳送裝置抵達艦橋的這段期間，似乎發生了什麼事情。

「啊哈哈哈哈哈！笨蛋！居然敢欺騙美九姊姊大人，你以死謝罪也是應該的呀！死吧！快點去死吧！」

朝向主螢幕裡明顯陷入危機之中的士道，坐在艦長席上……不對，應該說是坐在四肢著地的神無月身上的琴里，一邊放聲大笑一邊說出這段話。

其他船員也做出類似的反應，不是豎起中指就是將大拇指朝下，同時異口同聲地咒罵士道。

「村……村雨分析官！」

在這些人之中，唯一顯著驚慌失措的人只有〈詛咒娃娃〉椎崎。在看見令音的身影之後，表情在瞬間變得明朗，並且迅速跑了過來。

「請您幫幫忙！大家的樣子都變得好奇怪……！」

「……到底發生什麼事了？」

「不……不知道！當我在檢測舞台聲音的時候，大家就突然……」

「……嗯。」

令音低聲嘟囔，然後看向主螢幕。

現在在畫面上可以看見被逼到會場角落的士道與十香，還有在舞台上顯現出天使的美九，以及看似聽命於美九的觀眾、四糸乃與八舞姊妹的身影。

一定是美九動了什麼手腳。必須儘快幫助士道他們脫離困境，否則事情將會一發不可收拾。

就在這一瞬間——

「…………！」

「咦——？」

令音與椎崎同時皺起眉頭。因為艦內突然響起刺耳的警鈴聲。

而且，這並不是在提示精靈處於不悅狀態，也不是在通報有敵人接近的警鈴聲。而是——

「——並列驅動基礎顯現裝置。開始填充魔力，準備發射收束魔力砲〈銀槲之劍（Mistilteinn）〉。目標——天宮廣場中央舞台。」

從擴音器傳來機械式的播報聲。令音與椎崎再次同時看向對著控制台放聲大笑的琴里，以及被琴里當成座椅而面露恍惚表情的神無月。

「司……司令！妳在做什麼……！」

椎崎慌慌張張地放聲大叫。

不過，琴里卻以讓人看不出她剛剛啟動了毀滅性程式的輕挑態度揮了揮手。

「啊哈哈，妳在說什麼呀，椎崎。那個地方充滿了許多忤逆姊姊大人的愚昧人類喔！既然如此，乾脆一口氣將他們全部燃燒殆盡吧。」

「妳在胡說什麼呀……！也請副司令不要再繼續扮演椅子，快點一起阻止司令呀！」

椎崎大叫道。但是神無月卻在一瞬間板起臉孔。

「胡說八道的人是妳吧。我可是好不容易才找到屬於我的烏托邦！」

「你其實沒有失去理智吧！」

不過，察覺到現在已經沒有時間說廢話的椎崎，往艦長席的方向跑過去，打算操作控制台。

不過，椎崎卻在此時被從左方飛奔出來的川越抓住，最後倒在地面上。

「好痛！川……川越先生！你在幹什麼，快點放開我！」

「那是我要問的吧，椎崎。妳也是那些欺騙美九大人的其中一人吧？妳也應該要一起反省才對吧？」

「你……你在說什麼……」

椎崎以像是看見陌生人的眼神回看川越。不過川越只是不斷露出恍惚笑容而已。

「…………」

不能再這樣繼續下去。為了阻止琴里，令音也往前踏出一步。不過，不知何時繞到背後的箕輪突然用力抓住令音的雙手，從背後按住令音的雙臂。

「妳要去哪裡，村雨分析官～不行喔，我不會讓妳妨礙司令的。」

「……嗚，雖然不清楚你們到底發生了什麼事，但是快點恢復正常吧。」

「正常？啊哈哈哈哈，我很正常啊，完全正常。」

箕輪一邊以明顯沒有對焦的眼神說話，一邊露出瘋狂笑容。

此時，琴里似乎也發現令音與椎崎被手下壓制住了。往這裡瞄了一眼之後，再次轉身面向控制台。

揚起嘴角，豎起一根手指。

「——完成設定。接下來只要按下這個按鍵——砰！」

像是要表現爆炸情景似地展開雙手，琴里大聲叫道。這個天真無邪的舉動，讓椎崎的臉色變得鐵青。

「騙……騙人……的吧？」

「啊哈哈，妳在開什麼玩笑呀，椎崎？我當然是認真的呀。」

以開玩笑的語氣說完這句話，琴里倏地高高舉起手。

「……嗚！」

令音瞄了一眼背後的箕輪之後，再看向被按倒在地上的椎崎。

再這樣下去，琴里真的會瞄準天宮廣場發射〈佛拉克西納斯〉的主砲。不過，話雖如此——

就在令音陷入沉思的這一瞬間，突然有個聲響傳進耳裡。

艦橋的門開啟的聲音、腳踩地面的腳步聲，還有——

「嗚咕……！」

被忽然現身的人影打了一拳而昏倒的琴里的聲音。

用拳頭攻擊琴里腹部的人影，支撐住全身無力倒下來的琴里的身體，朝神無月的後腦杓踢了一腳讓他喪失意識，最後露出一臉不耐煩的表情，用手搔著頭說道：

「……真是的，這個鬼警鈴聲是什麼東西？人家好不容易能休息一下，可不可以給本大小姐安靜一點呢？」

以相當具有特色的說話方式，如此說道。

站在眼前的，是一名少女。

年紀和琴里差不多。綁成一束馬尾的髮型，與左眼下方的哭痣為其特徵。而且面貌長得和男扮女裝的士道非常相像。

崇宮真那——身兼ＡＳＴ少尉與ＤＥＭ派遣社員的身分。同時也是……自稱是士道親妹妹的少女。

「……那個，我剛剛站在門外聽妳們說話。琴里似乎有點理智不清，所以我才會賞她一拳……我沒做錯吧？」

真那以滑稽的動作歪著歪頭。令音點點頭答道：「……沒關係。」

「……妳做得很好。如果可以的話，希望妳能幫忙把除了我們以外的船員們都打昏。」

「那是無所謂啦！」

真那說完後，讓琴里躺到地板上，接著在一瞬間擊昏艦橋中的所有船員。

「呼……這樣應該可以了吧。」

「啪、啪！」拂去手上的灰塵之後，真那看向令音。

「所以……這到底是怎麼一回事？」

「……雖然還沒有切確的證據，不過他們恐怕是遭受精靈的攻擊了。對方應該擁有將靈力注入『聲音』之中，藉此操控聽者的能力。」

「啊……那還真是棘手呢。」

此時，露出不耐煩表情並且將視線投向螢幕的真那，突然輕輕屏住呼吸。

「哥……哥哥！」

剛剛似乎是因為太過專注於艦橋狀況的緣故，真那一直沒有注意到螢幕所顯示出來的畫面。

「這……這是怎麼回事！為什麼哥哥會身處險境！」

真那跑到螢幕前方心急地跺腳。

「……現在與我們敵對的，就是剛剛我所提到的那個會操控聲音的精靈。現在的狀況很危急。如果不快點救出小士與十香的話……」

聽完令音簡單地說明目前的狀況之後，真那靜靜地開口說道：

「——這艘艦艇有裝載CR-Unit吧？」

◇

——彈雨，從天空中傾瀉而下。

藉由顯現裝置賦予生成魔力的三十毫米子彈與微型導彈從四面八方逼近，在一瞬間籠罩折紙的全部視野。

「嗚……！」

她努力忍耐劇烈頭痛的同時，在腦內下達指令，展開武器貨櫃編織出密集火網來迎擊這波攻勢。

不過，最後還是無法阻擋全部攻擊。數發導彈穿過煙幕，朝著折紙直撲而來。

折紙露出銳利眼神，打算將隨意領域的屬性轉變為防禦屬性——但是劇烈的痛楚襲向腦部，讓她的意識變得混亂模糊。

「——！」

下一瞬間，數發飛彈擊中幾乎處於無防備狀態的〈White Lycoris〉，驚人的爆炸聲與振動一起襲向折紙。

「嗚啊……！」

「哈哈哈哈哈！剛剛明明還那麼囂張，妳現在這個樣子真是丟臉呀！」

潔西卡的尖銳笑聲，在倍受激烈痛楚折磨的折紙大腦內不斷迴響。

表情扭曲的折紙將視線投向左方。系統對這個舉動做出反應，在視網膜顯示〈White Lycoris〉的受損狀況。左方的雷射光劍〈Cleaveleaf〉已經無法使用，同樣位於左方的魔力砲〈Blaster〉則是半故障狀態，武器貨櫃〈Rootbox〉的八座武器之中有五座已經受損。

折紙將視線移向敵方。巫師——五名；〈幻獸・邦德思基〉——保守估計至少還有二十台。

壓倒性的武力差距、嚴重的機體損傷。而最大的問題在於，長時間連續使用討伐兵器而對折紙腦部所造成的傷害。折紙無法繼續戰鬥下去的事實，可以說是一目了然。

不——不僅如此，光是繼續維持〈White Lycoris〉的啟動狀態這一點，就足以對折紙的腦部造成相當嚴重的傷害。照理來說，她應該要立即停止戰鬥並且解除這個討伐兵器的啟動狀態才對。

不過，如果折紙逃離這裡，也就意味著士道將會被DEM公司綁架——而且被整得慘兮兮的潔西卡也不可能會讓折紙輕鬆逃脫。像是在證明這項揣測似地，巫師與〈幻獸・邦德思基〉依照潔西卡的指令，開始展開隊形將折紙包圍起來。

「哼！雖然讓妳胡鬧了一番，不過一切到此為止了。其實我很想再多疼愛妳一會兒，但是我還有任務在身，所以還是趕快把妳擊落——」

就在此時，潔西卡突然停止說話。

不，這個說法有點不正確。應該說突然從下方傳來的巨大聲響掩蓋了潔西卡的說話聲。

「發生了什麼事！」

潔西卡狐疑地皺著眉頭大聲叫道。

折紙在謹慎地對周圍保持警戒的情況下，往下方——天宮廣場的方向瞄了一眼。

雖然視力已經藉由隨意領域強化過了，但是以目前的狀況而言，折紙原本還擔心自己無法看清楚遠處那棟建築物的詳細情況。

不過，折紙只看一眼就察覺到異狀了。

因為天宮廣場中央舞台的天花板開了一個大洞，而且劇烈狂風正從那裡吹出來。

下一瞬間，伴隨一陣嗶嗶聲響起，視網膜感應器顯示出新的情報。

天宮廣場出現強烈靈波反應。折紙輕輕倒吸了一口氣。

「士道——」

完全不知道中央舞台到底發生了什麼事。不過可以確定的是，那個事故很有可能會讓士道陷入危機之中。折紙慌慌張張地改變飛行方向，啟動飛行推進器打算往下方飛過去。

不過，潔西卡一行人自然不允許折紙這麼做。在前進方向上，有好幾台〈幻獸・邦德思基〉擋住了折紙的去路。

「看來下方發生狀況了呢……我們的動作得加快了。快點把她收拾掉！」

潔西卡說完後，倏地用手指指向折紙。

配合這個舉動，圍繞在四周的〈幻獸．邦德思基〉一齊採取行動，紛紛舉起安裝在右手的雷射加農砲瞄準折紙

「…………嗚！」

即使折紙手忙腳亂地想要採取迴避行動，但是腦部已經到達界限。視野被染成一片血紅，意識漸漸變得朦朧不清。

結果……還是與兩個月前一樣。無力感漸漸占據折紙整個腦袋。

就算使用顯現裝置，就算使用基地內最強裝備〈White Lycoris〉，折紙還是無法保護士道。

——力量……只要，擁有更強的力量……

只要擁有不輸給任何人的，強大力量……

「士……道……」

「好了，上吧！」

像是在回應潔西卡的聲音似地，所有〈幻獸．邦德思基〉都做出預備扣下扳機的動作。

不過，就在這個瞬間……

在模糊不清的視線中，折紙似乎看見了某個影子通過眼前。緊接著，瞄準折紙的雷射加農砲全都被整整齊齊地切成兩半。

已經填充到發射狀態的生成魔力頓時失去目標，砲身當場產生爆炸，金屬碎片朝向四周飛射

出去。雖然〈幻獸・邦德思基〉不會被嚇到、眼睛也沒有被灼傷，不過或許是察覺到發生了緊急狀況，因此不斷地來回轉動著頭部。

「什……發生了什麼事！」

「不……不知道！〈幻獸・邦德思基〉的槍突然——」

潔西卡與部下們愣了一下之後，似乎也察覺到這個突發狀況，於是慌慌張張地大叫出聲。

不過，事情並沒有就此結束。當一抹藍色影子再次通過折紙眼前之際，〈幻獸・邦德思基〉的頭部便在下一瞬間飛向天空中。

「什——！」

就在潔西卡發出狼狽叫聲的同時，原本包圍在折紙身邊的數台〈幻獸・邦德思基〉一齊停止機能，紛紛墜落地面。

「這……到底是……」

折紙一邊把手按在側頭部努力壓抑頭部的疼痛感，一邊如此說道。

接下來，彷彿是要回應她的話一般，一名身穿藍色機械盔甲的人類在折紙面前現身。

對方身上穿著從沒見過的CR-Unit。包覆雙手、雙腳與胸部的流線型盔甲，還有搭載在背部的巨大飛行推進器。右手攜帶的劍，以及裝備在左手上、外觀猶如野狼下顎的武器為其最大特徵。

接下來，在看清身穿這些裝備的人的面貌之後——折紙不禁屏住呼吸。

「真那——？」

「好久不見了，鳶一上士。」

穿著藍色CR-Unit的少女回過頭，將視線投向折紙。

毫無疑問的，眼前這個人就是曾經和折紙一起與精靈對戰的ＡＳＴ隊員，同時也是士道親妹妹的崇宮真那少尉。

不過折紙聽說她在與時崎狂三的戰鬥中身負重傷後，突然從住院病房消失不見，從此便一直處於下落不明的狀態——

「妳……為什麼會在這裡？還有，那身裝備……」

聽見折紙的疑問，真那只是敷衍地揮了揮手。

「那些屁瑣事請晚點再說吧。現在最重要的是趕緊救出哥哥吧？」

「……！」

折紙瞪大充滿血絲的雙眼之後，點了點頭。

真那看見折紙的反應之後，露出滿意的微笑，接著看向目瞪口呆的潔西卡。

「哎呀哎呀，我還以為是誰呢，原來是潔西卡呀！妳為什麼會來日本？」

「崇宮真那……！」

潔西卡的聲音透露出驚訝語氣。

「妳為什麼會——算了，那不重要。重要的是妳知道妳正在做什麼嗎？」

「那是我要問的吧。居然出動這麼多部下來對付一個人，才一段時間不見，妳的手段怎麼變得如此骯髒齷齪？」

「那不是重點吧！妳為什麼要攻擊我們！回答我——亞德普斯2號！」

潔西卡發出尖銳叫聲。真那一臉無奈地聳了聳肩。

「能不能別再用以前的代號叫我呢？」

「妳說『以前的』……？難道妳……」

「沒錯。剛好趁這個機會要麻煩妳幫我轉告社長——不好意思，我要辭退DEM公司的職務。退休金就拿你的人頭來償還吧。」

「什——」

聽見真那的話，潔西卡與其他巫師們突然說不出話來。

「妳在說什麼呀！難道在榮耀的亞德普斯成員中，地位僅次於梅瑟斯執行部長的妳，打算背叛威斯考特大人嗎！」

「哎，具體來說的話，就是這麼一回事。」

真那將裝備在左手的奇特武器瞄準潔西卡。

「目前最裡想的狀況是——妳們因為懼怕我而選擇從現場撤退。妳們覺得呢？」

「……！別開玩笑了！妳應該也明白吧！如果違背威斯考特大人的命令——」

「哎，說得也是。不過……」

說出這句話的瞬間，真那的身影如同海市蜃樓般消失不見。

「……！」

接下來，在驚訝地睜大眼睛的潔西卡背後現身，把攜帶在右手的劍用力一揮。

「可惡……！」

潔西卡立即轉過身——但是為時已晚。潔西卡裝備在身上的CR-Unit與飛行推進器已經如同奶油般，被真那的劍輕輕鬆鬆切成兩半了。

以生成魔力構成的雷射光刃在刀身表面不停顫動。那是把外觀看起來像是劍，構造卻近似於電鋸的武器。

嚴重失去平衡的潔西卡依然沒有喪失鬥志，她拔出佩帶在腰間的雷射光劍，往真那的方向揮過去。

不過可悲的是，兩人之間的戰鬥技術與CR-Unit的性能相差甚遠。真那用劍擋住潔西卡的一擊之後，瞄準潔西卡的腹部，從裝備在左手的武器發射出魔力砲。

「咕啊……！」

伴隨一陣短暫的悶哼聲，潔西卡昏了過去。因為同時解除隨意領域的緣故，原本裝備在全身

上下的CR-Unit也中斷連接並且往墜落到地面上。

「——如果妳曾經在之前的模擬實戰中贏過我，剛剛那句話聽起來還比較有說服力呢。」

真那用單手支撐住潔西卡軟綿綿的身體，嘆了一口氣。

「……呼，〈Vánargandr〉——雖然是初次使用，不過感覺還不錯嘛！」

接下來，真那看向剩下的四名巫師。

「好了，妳們的老大已經是這副德行了。身為DEM巫師的妳們，應該可以依據剛剛的戰鬥來判斷自己是否有可能戰勝我了吧？」

聽見真那的話，巫師們紛紛露出緊張神情。真那再一次瞬間移動到剩餘巫師們的背後，粗魯地將失去意識的潔西卡扔出去。

「哇……哇啊……！」

看見潔西卡突然被丟到自己身邊的巫師，慌慌張張地操作隨意領域支撐住她的身體。

等到確認完她們的情況之後，真那繼續說道：

「我的意思是我可以放過妳們。這是最後的警告。快點帶著那個傢伙離開我的視線。」

但是那些巫師們並沒有識相到乖乖聽從警告而收起武器。巫師們露出銳利眼神，展開包圍真那的隊形。

「哎呀哎呀……我一點兒都不意外吶。」

真那嘆了一口氣，張開雙手準備迎戰全方位的攻勢。

◇

「住——住手！四糸乃！還有耶俱矢與夕弦！快點恢復正常啊！」

不管士道叫得再大聲，四糸乃還有八舞姊妹依舊沒有停止對十香的攻擊。

「你在……說什麼呀？士道與……十香才是，你們為什麼要對姊姊大人……做出這麼殘酷的事情呢？」

「對呀，明明是你們不對！看來得給他們一點苦頭嚐嚐，他們才會學乖呢！」

「呵呵……士道似乎在說些異想天開的事情喔，夕弦。」

「驚訝。難道他一點良心都沒有嗎？」

四糸乃與變身為〈冰結傀儡〉(Zadkiel)的「四糸奈」，還有八舞姊妹異口同聲地如此說道。

從言行舉止來看，她們並沒有忘了士道與十香，人格也沒有產生變化。只不過在她們的價值觀的頂點，被添加了一個名為誘宵美九的存在。

「現在到底……該怎麼辦才好……」

士道的臉孔因為絕望而扭曲。

情況非常糟糕。

在中央舞台顯現出天使的美九、遭到控制的四糸乃以及八舞姊妹，還有好幾千人的觀眾。他們全部朝著士道與十香襲擊而來。

不僅如此，就連待在〈佛拉克西納斯〉的琴里也受到〈破軍歌姬〉聲音的影響而喪失理智。這樣一來，根本無法暫時逃離現場並且獲得重整旗鼓的機會。所謂的「走投無路」，指的就是這種情況吧。

雖然十香拚命地想要阻止美九，但在四糸乃與八舞姊妹的阻撓下，根本無法靠近美九。

不過即使如此，十香依舊不死心，緊握顯現出來的劍——〈鏖殺公〉(Sandalphon)，用力踢了貓道的扶手一腳之後，往美九的方向飛撲過去。

「喝啊啊啊啊！」

伴隨著尖銳吶喊聲，在空中被施放出來的斬擊朝著美九延伸而去。

不過這波攻勢在碰觸到美九之前，就被四糸乃所建構出來的冰牆擋了下來。緊接著，一陣暴風從兩個方向同時襲向十香。

「嗚——！」

十香雖然在千均一髮之際用劍進行防禦，不過還是無法完全消弭暴風所帶來的風壓。她的身體被輕而易舉地吹飛，就這樣撞破舞台的天花板飛向戶外。

「嗚……嗚哇啊啊啊啊！」

「十香！」

即使士道大聲喊叫，也無計可施。十香的身體消失於建築物外，很快地連聲音都聽不見。

不過……

「嗯……？」

士道所發出來的，並不是沉浸在狼狽與絕望的消沉聲音，而是充滿疑惑的低語。

理由非常簡單。因為雖然音量非常微小，但是會場上方卻不斷傳來「噹！噹！噹！」的聲響。

接下來，下一瞬間……

「這裡——！」

在響起一陣吶喊聲的同時，美九站在舞台上的所在位置，其正上方的天花板突然被切開。十香將〈鏖殺公〉的刀鋒對準下方，以十分驚人的速度墜落下來。

看來被吹到戶外之後，十香便直接在天花板外側走動了。

「什……！」

美九驚慌失措的聲音響徹整個會場。

四糸乃、耶俱矢與夕弦一齊回頭，但是為時已晚。十香挾帶著斬天劈地的氣勢，舉起〈鏖殺

公〉筆直地攻向美九與她的天使。

不過，就在〈鏖殺公〉的刀鋒切開天使的部分銅管之際——

「啊啊啊啊——！」

美九突然發出響徹雲霄的聲音。

連初次與士道相遇時所發出的聲音都無法比擬的巨大音壓，在密閉的會場中橫衝直撞。

在超近距離直接沐浴在這種音壓之中，就算是已經限定顯現靈裝的精靈也承受不住。

「嗚……！」

十香發出痛苦的悶哼聲，立刻被具有質量的聲音吹飛，身體直接撞向士道旁邊的牆壁上。

「十香！」

「咳……咳……！」

士道大叫出聲，快步跑過去。十香痛苦地咳了幾聲之後，把〈鏖殺公〉當成拐杖，勉勉強強地撐起自己的身體站起來。

「……剛剛好危險呀。不過，你們這麼做是沒用的。」

說完後，站在舞台上的美九以怒氣沖沖的眼神瞪視士道。

與此同時，從貓道通往舞台後方的入口處湧進好幾名觀眾。做出如同殭屍般的舉動，緩緩逼近士道兩人。

「嗚……！」

萬事休矣。士道的身體不禁僵直在原地。

就在這個瞬間……

「咦……？」

士道皺著眉仰望天空。因為舞台的天花板呈現十字形狀碎裂開來，一名穿著機械盔甲的少女飛進會場裡。

「那……那是——」

一瞬間，士道還以為對方是〈拉塔托斯克〉派遣過來的援軍。

但是——不對。

士道看過那個人。那是一名全身穿著白金色的CR-Unit、身材纖瘦的少女。如絹絲般的淡金色頭髮，在隨意領域中隨風飄揚。

「結果貝里她們還是失敗了呀……算了，這也是預料之內的事。」

瞇起深碧綠色的眼睛，少女——艾蓮·梅瑟斯以平靜語氣如此說道。

士道屏住呼吸。士道曾經見過她，她就是在教育旅行時，那群以十香為目標的〈幻獸・邦德思基〉的頭領。那個時候，兩人憑藉難得的好運氣才得以順利逃脫，但是對方的實力，其實是遠遠凌駕處於限定解除狀態的十香。

「什……那傢伙為什麼會出現在這裡……」

十香似乎也注意到艾蓮的存在。即使臉部因為痛苦而扭曲，十香還是舉起了〈鏖殺公〉。

「——發現目標夜刀神十香以及…擁有五河士道反應的女學生。現在開始採取捕捉行動。」

接下來，艾蓮完全無視美九一行人，筆直地朝著士道與十香的方向飛過來。十香屏住呼吸，抓住士道的手臂。

「快逃，士道！」

「妳……要我逃，但是究竟要怎麼……」

「嗚……！」

就在磨磨蹭蹭之際，艾蓮已經漸漸逼近。

十香發出一聲焦躁的聲音之後，使出更強的力道抓住士道的手臂，就這樣朝著剛剛在牆壁上裂開的洞穴，將士道的身體扔出去。

「嗚……嗚哇啊啊啊啊啊啊啊啊！」

雖說是限定解除狀態，但是精靈的臂力還是遠遠超越人類。

士道的身體被十香輕而易舉地拋向外面。

◇

就在真那的身影消失不見的同時，殘留在天空中的巫師發出了慘叫聲。

折紙用手扶住疼痛的頭部並且將視線投往那個方向，看見了身上的CR-Unit在瞬間被完全破壞的巫師的身影。

緊接著，真那轉過身與飄浮在附近的〈幻獸．邦德思基〉展開肉搏戰，用左手的「下顎」挾住機器人的頭部。「喀嚓！」在發出一陣令人毛骨悚然的聲音之後，機器人的頭就被扭斷了。

無論是誰都可以看出現在的戰況呈現壓倒性的局面。雖然敵方在人數上占了上方，卻完全不是真那的對手。

折紙曾經親身體驗過真那的強大實力。不過……這次則是到達異常等級了。不僅是真那的能力，就連她穿在身上、折紙從沒見過的那套藍色CR-Unit，也擁有AST的裝備所望塵莫及的超高水準性能。

——結果花不到五分鐘的時間，便已經分出勝負。

「……真是的，害我還要花費那麼多功夫來收拾你們。」

拍了拍手，真那嘆了一口氣。

天空中已經完全不見巫師和〈幻獸・邦德思基〉的蹤影。他們在承受真那的一到兩次攻擊之後便被打敗，紛紛墜落到地面上。

話雖如此，巫師穿在身上的接線套裝，搭載有對抗衝擊和緊急狀態的安全裝置。所以即使從這個位置墜落，除非運氣特別不好，否則應該都還能撿回一條命。

「妳沒事吧，鳶一上士？」

真那把視線投向折紙。折紙忍著頭部疼痛回答道：

「……妳……為……為什麼……會在這裡……」

就在這一瞬間，折紙的鼻子與眼睛流下鮮血，被染成一片赤紅的視野開始搖晃。

「哇啊……」

真那慌慌張張地飛到折紙身邊支撐她的身體。

不過，折紙已經無法繼續維持隨意領域。〈White Lycoris〉被地心引力的牢籠所囚禁，直接朝地面墜落而去。

「……妳還真是亂來呀，鳶一上士……嗯，真是傷腦筋。我必須趕快去幫助哥哥，但是又不能把妳扔在這裡……」

然後——

「嗯……？」

就在這個時候，真那突然皺起眉頭。

「怎麼……了嗎……？」

「……不，沒事——只是，有股不詳的預感。」

話雖如此，不過她現在的表情……

與察覺到自己的宿敵——最邪惡精靈的行蹤時所露出來的表情十分相似。

◇

「……！哦——」

看見〈公主〉——夜刀神十香做出這個預料之外的行動，艾蓮不自覺地停止前進。

因為就在艾蓮逼近到眼前的前一刻，五河士道（……至少從核對身分的結果來看是這樣沒錯，大概吧……）就被扔到會場外面逃走了。十香恐怕是從視線與前進方向，察覺到艾蓮的真正目標吧？能在短短一瞬間做出這種判斷，可以說是相當了不起。

話雖如此……但是對於視夜刀神十香與五河士道兩人為捕捉目標的艾蓮來說，這無疑是個令人不快的舉動。

「非常冷靜的判斷，值得讚賞。」

「哼……！就算被妳這傢伙誇獎，我也不會覺得高興！」

「是嗎。」

艾蓮簡短回答之後，環顧四周，重新確認舞台內的狀況。

被逼到狹窄貓道的〈公主〉夜刀神十香、不斷追趕她的上千名觀眾，還有站在舞台上顯現出天使的〈歌姬〉，以及對〈歌姬〉唯命是從的〈隱居者〉與〈狂戰士〉——相當奇妙的狀況。

居然有這麼多名精靈齊聚一堂，真可說是相當罕見的情景。既然抓不到五河士道，那不如捉幾個其他人代替……這個念頭閃過腦海，不過艾蓮立刻改變心意並且搖了搖頭。

「……不對，還是不要這麼做吧。驕兵必敗。」

艾蓮的腦海裡回想起兩個月前，那個如惡夢般的失敗經驗。與其貪得無厭而意外落敗，還不如腳踏實地達成目標。

「——今天我要找的人只有妳，夜刀神十香。」

艾蓮眯起眼睛，將視線投向十香。

沒有餘裕去追捕逃到舞台外的五河士道。既然如此，艾蓮目前該做的事情便已昭然若揭。

幸運的是，其他精靈可能尚未察覺艾蓮的意圖，或者是不知道該如何應對這個突發狀況，所以只是不斷凝視著自己。最好趁她們採取行動之前，趕緊完成任務才是上上之策。

「今天我一定要讓妳跟我一起走，〈公主〉。」

「別——開玩笑了！」

十香揮舞握在手中的天使。與此同時，驚人的劍壓朝著艾蓮飛射過去。

「〈王者之劍——〈Caledfwlch〉！」

不過，艾蓮卻不慌不忙拔出裝備在背後的大型雷射光劍，輕輕鬆鬆地擋住這一波攻擊，讓這股劍壓煙消雲散。

「哎呀……跟或美島那時相比，妳的攻擊力似乎變弱了呢？」

艾蓮揚起下巴，把劍對準十香。

「什……」

「剛好。畢竟我也不能浪費太多時間在妳身上。我會在瞬間解決掉妳！」

說完後，重新握緊劍柄——艾蓮，在空中飛馳。

「嗚……啊……！咳！咳！」

士道從會場裡被丟出來，猛然撞向種植在周圍的樹木之後墜落地面。他感受到侵襲全身上下的痛楚與衝擊，開始劇烈咳嗽。

自己似乎有幾分鐘的時間失去了意識。士道左顧右盼，確認周圍的情況。

他墜落的地點是距離天宮廣場很近的公園一隅。拜樹木與柔軟草皮之賜，士道只有受到輕傷而已。不過在瞄了一眼位於後方，由柏油鋪設而成的停車場之後，士道不禁刷白了臉。

雖然他擁有在琴里守護之下的再生能力，即使掉落在水泥地上也不會喪命（應該說，十香就是知道這一點，所以才會採取這個手段吧？）不過士道還是得承受折磨全身的劇烈痛楚。因此士道非常感謝自己的好運與十香的控制力。

「對了，十香……！」

就在此時，原本昏昏沉沉的意識突然變得清晰，想起了自身處於什麼樣的情況。

沒錯。十香仍然獨自一人留在會場之中。

「嗚……！」

士道撐起深受悶痛折磨的身體，將視線投往舞台的方向。就算是限定解除靈力的十香，也不可能有辦法在那種狀況下安然脫身。

然後——就在士道撐起上半身之際，突然看見有一抹影子從聳立在視線盡頭的天宮廣場中央舞台的天花板之中飛了出來。

「那是……！」

看見那個人影，士道不自覺地瞪大眼睛。

身穿白金色CR-Unit的金髮少女，正抱著處於解除靈裝狀態的十香在天空中飛翔。

「十香……！」

十香不知道是否失去了意識，全身無力、一動也不動地癱在她手中。

抱著十香的艾蓮左顧右盼地確認四周的情況之後，就這樣帶著十香消失不見了。

被留在現場的士道，只能一直呆呆地凝視著艾蓮消失蹤影的天空。

「十……香……？」

這件在一眨眼之間發生、令人感受不到真實感的事故，慢慢滲透到士道的大腦之後，強烈衝擊他的意識。

「十香——十香啊啊啊啊啊啊啊啊！」

即使大叫出聲——聲音也只是虛無飄渺地在天空中迴盪。

十香，被抓走了。

如此輕而易舉。

自己完全——束手無策。

這項事實不斷加深士道的無力感。

不過，士道卻連跪到地上沮喪的時間都沒有。

理由很簡單。因為天宮廣場的正面大門突然開啟，有許多人搖搖晃晃地從裡面走了出來。

——簡直就像是在尋找某個人似的。

「嗚……」

那恐怕是聽從美九的指示，被派來搜尋士道的一群人吧。

如果士道在這裡被抓到的話，十香的努力就要化為烏有了。士道強迫自己撐起仍然隱隱作痛的身體，從原地站起來一拐一拐地逃走。

——從那之後，不知經過了多久的時間。

現在已是夕陽西沉、黑暗慢慢籠罩四周的時刻。在十香的幫助之下，成功從舞台區逃脫出來的士道，目前正隱身在天宮市郊區的一棟廢棄大樓的某個房間裡。

因為穿著女僕裝不僅難以行動，而且相當引人注目。於是，士道便在廣場舉行的跳蚤市場裡購買男性服飾並且換好衣服。當然，喉嚨上的變聲器也卸了下來，所以士道現在已經從士織模式恢復成了男兒身。

「…………」

士道瞄了一眼放置在架子上的手機。

畫面上播放著某個新聞節目。而這個節目正在實況轉播發生在天宮市的一起原因不明的大暴動。攝影機從直升機上捕捉到在街道上不斷走動、人數高達好幾萬人的市民的身影。

評論家們頻頻提出各自的主張，想要查明這次暴動的原因，不過那也只是白費功夫。

誰都想像不到，這數萬名人類只是聽從美九的命令正在搜尋士道而已。

「…………」

瞪視畫面的同時，士道緊咬牙齒——人數，明顯增多了。

美九似乎不滿意舞台區的觀眾人數，因此不斷增加自己的手下。雖然不清楚〈破軍歌姬〉究竟具有多大的力量，不過再這樣下去，自己早晚會被發現。

而且照情況看來，即使透過擴音器，〈破軍歌姬〉也能發揮作用。前往現場鎮壓暴動的警察小隊在聽見宣傳車所播放的美九歌聲之後，也紛紛加入戰鬥隊伍之中。看到這番景象之後，士道不禁感到絕望。

「可惡……！」

他氣憤地低聲嘟囔，握起拳頭打向地面。

「明明已經沒有時間讓我繼續躲躲藏藏了……但是我卻——」

沒錯。現在急需解決的問題不是只有美九而已。士道還必須儘快救出被ＤＥＭ巫師所綁架的十香。

對於ＤＥＭ這間公司，士道其實知道的並不多。不過，那個以屠殺精靈為首要目的，而且還

提供顯現裝置給各國軍隊與警察組織使用的組織，是不可能會善待十香的。

士道焦躁地輕敲耳機。但是，耳機只傳來雜訊聲，根本沒聽見任何人的回應。

「接下來……到底該怎麼辦才好……」

士道露出堆滿苦惱的表情之後，再次用拳頭捶向地面。

——堆積如山的問題。

正在獵捕士道的美九。

以及被美九操控的四糸乃、耶俱矢、夕弦。

充斥在天宮市裡的人群。

尚未取得聯絡的〈拉塔托斯克〉。

還有——綁架十香的ＤＥＭ公司。

士道手中沒有任何足以應對這些問題的籌碼。

沒有足夠的時間。

沒有足夠的設備。

沒有足夠的戰力。

最重要的是——士道本身，沒有擁有足夠的力量。

「我……」

他緊咬牙齒。

「我——！」

接下來，就在士道將蟠踞全身的無力感化為聲音而吶喊出來的瞬間……

——嘻嘻嘻嘻。

有人，在笑。

「……！」

士道的肩膀搖晃了一下，倏地抬起頭來。

一瞬間，還以為是遭受美九控制的居民發現了這個躲避場所……不過，周圍並沒有任何的人影。

但是，士道很快地就發現了那個聲音的來源。

——是影子。

充斥著整個昏暗房間的影子蠢蠢欲動，從那之中，有一名少女突然爬了出來。

身上穿著以鮮血般的紅色與闇夜般的黑色所構成的洋裝。綁成左右兩邊髮量不均等的黑色頭髮。浮現在左眼裡的時鐘錶盤，以及規律地刻劃出每分每秒的時針。

然後，那張看起來猶如人工雕琢過的端正容貌上，有一抹挾帶著愉悅與嘲笑的動人笑容點綴其中。

「呵呵呵，你的表情看起來好陰沉呀。」

「狂三……！」

士道驚訝地瞪大眼睛並且呼喚這個名字。

沒錯。她就是……

曾經出現在士道面前的「最邪惡的精靈」。毫無疑問的，眼前的人正是時崎狂三。

士道不自覺地將身體往前傾，提高警覺地瞪視狂三。不過，那明顯只是在逞強而已。因為士道一個人根本不是狂三的對手，甚至連逃跑都有困難。

狂三也很清楚這一點，因此也只是露出了妖豔的笑容。

接下來——她靜靜地輕啟雙唇。

「你看起來似乎很煩惱呀——吶，士道，要不要和我聊一聊呢？」

To be continued

後記

好久不見，我是橘公司。

我是最近似乎常常以「好久不見，我是橘公司。」這句話作為後記開頭的橘公司。

在此為您獻上《約會大作戰DATE A LIVE 6 百合美九》。這次的精靈是誘宵美九。如同副標題所言，是一位具有百合傾向的精靈。各位讀者覺得如何呢？如果各位讀者喜歡本書，將是我莫大的榮幸。

每一集都有新角色與新設定出現，這件事情已經成為這個系列的慣例了。就算這一集比不上前一集，也仍然會出現不少展現全新面貌的角色。例如美九，還有那個角色，以及那個雖然不是新角色卻很像新角色（矛盾）的人物……

接下來，既然在開頭的彩頁就已經預先透露劇情了，那麼我就乾脆說出來吧。這一次有位許久不見的角色復活了！哎，嚴格來說，她在上一集就已經復活了，不過在相隔三集之後才又重返戰場，因此格外令人感動呢。

而且還帶著全新裝備隆重登場！各位太太，這可是新裝備喔，新裝備！和閃光鋼彈（Shining Gundam）變成神鋼彈（God Gundam）、強弩兵變成「Laevatein」、光之美少女變身為公主形態（Princess Form）是一樣道理。如此一來，這名角色一定可以在本作中有活躍表現，好好大顯身手一番了！

接下來，本作《約會大作戰DATE A LIVE》即將在《DRAGON MAGAZINE》雜誌上連載短篇小說。

由於具有每一集都會有新角色登場這個特色的緣故，所以本作無可避免地會出現以前登場過的角色，戲分不斷減少的現象。

所以希望透過短篇小說，呈現女主角們在本傳小說中沒有被描寫出來的不為人知的新面貌，或是敘述發生在主線劇情背後的小故事，希望能藉此令更多角色有登場表現的機會。如果各位讀者也能喜歡這些短篇作品，那將是我莫大的榮幸。

接下來還有一件事情要向大家報告，那就是《約會大作戰DATE A LIVE》要出遊戲了！

遊戲將由製作過《超次元戰記 戰機少女》系列的COMPILE HEART公司發行。請各位讀者耐心等待後續消息！

還有，動畫的播放日期也已經決定了！

預定從二〇一三年四月開始播放ＴＶ動畫（註：此指日本情況）！工作人員們都非常努力地製作動畫，敬請大家拭目以待！

接下來是已經成為每集慣例的特別感謝。在許多人的幫忙之下，本作才得以順利完成。つなこ老師、責任編輯自然不必說，美術設計師草野さん還有負責出版事宜的相關人員、各家書店，一直承蒙各位的關照，真的是萬分感謝！

還有在《少年ＡＣＥ》連載《約會大作戰DATE A LIVE》漫畫版的ｒｉｎｇｏ老師。

在《Dragon Age》連載衍生漫畫《約會大進擊DATE AST LIKE》的鬼八頭かかし老師。

在《DRAGON MAGAZINE》、《Age Premium》連載四格漫畫《デート・ア・オリガミ》的珠月まや老師。

謝謝你們每一次都畫出如此精彩的漫畫！

然後，讀完本篇的的讀者應該已經有所察覺才對。那就是這次的伏筆似乎給人很「那個」的感覺啊。

故事的後續，要請各位讀者繼續觀看《約會大作戰DATE A LIVE 7》囉。

下一集預計在春季出版。

那麼，期望我們能夠再次相會。

二〇一二年十月　橘　公司

國家圖書館出版品預行編目資料

約會大作戰. 6, 百合美九 / 橘公司作 ; 竹子譯. --
初版. -- 臺北市 : 臺灣國際角川, 2013.08
面 ; 公分. -- (Kadokawa fantastic novels)
譯自 : デート・ア・ライブ. 6 : 美九リリィ
ISBN 978-986-325-537-6(平裝)

861.57 102012206

Kadokawa
Fantastic
Novels

約會大作戰DATE A LIVE 6
百合美九

（原著名：デート・ア・ライブ6　美九リリィ）

2013年8月15日　初版第1刷發行
2024年4月12日　初版第15刷發行

作　　者：橘公司
插　　畫：つなこ
譯　　者：竹子

發 行 人：台灣角川股份有限公司
總　　監：呂慧君
總 編 輯：蔡佩芬
主　　編：林秀儒
編　　輯：孫千棻
設計指導：陳晞叡
美術設計：吳佳昫
印　　務：李明修（主任）、張加恩（主任）、張凱棋

發 行 所：台灣角川股份有限公司
地　　址：104台北市中山區松江路223號3樓
電　　話：（02）2515-3000
傳　　真：（02）2515-0033
網　　址：www.kadokawa.com.tw
劃撥帳戶：台灣角川股份有限公司
劃撥帳號：19487412
法律顧問：有澤法律事務所
製　　版：巨茂科技印刷有限公司
ISBN：978-986-325-537-6

※版權所有，未經許可，不許轉載。
※本書如有破損、裝訂錯誤，請持購買憑證回原購買處或連同憑證寄回出版社更換。

©2012 Koushi Tachibana, Tsunako
First published in Japan in 2012 by KADOKAWA CORPORATION, Tokyo.
Chinese translation rights arranged with KADOKAWA CORPORATION, Tokyo.